Arena-Taschenbuch
Band 50894

Weitere Titel der Life-Reihe im Arena Verlag:
Andreas Schlüter: *Lösegeld*
Jana Frey: *Kein Wort zu niemandem*
Carry Slee: *Tanz im Rausch*
Susanne Clay: *Voll*
Brigitte Blobel: *Feuerprüfung. Wenn Freundschaft keine Regeln kennt*
Beverley Naidoo: *Die andere Wahrheit*
Jürgen Banscherus: *Das Lächeln der Spinne*
Jürgen Banscherus: *Asphaltroulette*
Jürgen Banscherus: *Novemberschnee*
Jürgen Banscherus: *Davids Versprechen*

Kristina Dunker,
1973 in Dortmund geboren, studierte Kunstgeschichte und Archäologie in Bochum und Pisa und arbeitete als freie Journalistin. Im Alter von siebzehn Jahren veröffentlichte sie ihr erstes Buch. Seither hat Kristina Dunker zahlreiche Kinder- und Jugendromane verfasst und erhielt für ihre Arbeit mehrfach Preise und Stipendien, darunter den Förderpreis für junge Künstler des Landes Nordrhein-Westfalen. Mehr über die Autorin und ihre Bücher gibt es unter www.kristina-dunker.de.

Kristina Dunker

Helden der City

Arena

Zu diesem Buch sind Unterrichtsmaterialien erhältlich
unter www.arena-verlag.de.

FSC
www.fsc.org
MIX
Papier aus verantwortungsvollen Quellen
FSC® C110508

1. Auflage als Arena-Taschenbuch 2016

Umschlaggestaltung und -typografie: Sibylle Bader
Gesamtherstellung: Westermann Druck Zwickau GmbH
ISSN 0518-4002
ISBN 978-3-401-50894-8

Besuche uns unter:
www.arena-verlag.de
www.twitter.com/arenaverlag
www.facebook.com/arenaverlagfans

Kapitel 1

Und Vivi traut sich doch.
Leider, denke ich.

Die anderen stehen unten und glotzen und grinsen. Einen halben Meter sind sie schon entfernt. Einen halben Meter nur, aber über den kann ich nicht hinweg, würde ich jetzt einen Rückzieher machen, wäre ich verloren. Mach's nicht so dramatisch, Vivi, sag ich mir. Du wärst das Gespött deiner Clique, na und? Wenn du das nicht willst, musst du da eben durch. Stolz hat seinen Preis oder wie heißt das noch? Ich reibe die schwitzenden Hände an den Jeans ab. Ruhig bleiben jetzt, die anderen haben's auch überlebt. Dieser Sprung ist nicht mehr als der erste Hopser vom Dreimeterbrett in der Grundschule. Läppisch, wenn man nicht gerade so blöd ist und 'nen Bauchplatscher hinlegt.

Der Typ mit den Rastalocken sagt etwas Aufmunterndes zu mir. *Fun and action* steht auf seinem T-Shirt. Normalerweise sind das die zwei Zauberworte, die mich vom Hocker reißen können. Aber in diesem Moment würde ich lieber freiwillig mit meinen Eltern in ein dreistündiges Klassikkonzert gehen und vor Langeweile Löcher in den Sitz pulen, als mit dem Rastalockigen *fun and action* auszuprobieren.

Hilfe, was macht dieser durchgeknallte Mensch jetzt eigentlich mit mir? Er schnürt mich ein, als wollte er mich als Weihnachtspäckchen verschicken. Mit riesigen Karabinerhaken klickt er mich vorn und hinten fest und da liegt schon das Seil aufgerollt in der Kabine, eine lange weiße Schlange, an der gleich mein ganzes Leben hängt, einfach so. Ich darf gar nicht daran denken und blicke schnell zu meinen Freunden. Oliver sieht's, hebt kurz den Daumen und wirft mir eines seiner lausigen Lächeln zu. Ich verziehe den Mund. Los, Vivi, frech zurücklächeln, wie Olli es macht, au Mann, ich fahre voll auf dieses Ollilächeln ab, es macht mich elektrisch, obwohl ich es nicht will. Nicht *mehr* will, denn Oliver war mein Freund. Bis gestern. Das macht ja die ganze Sache so kompliziert, dass er dabei ist, meine ich, wäre er jetzt nicht hier, könnte ich vielleicht in letzter Minute aus diesem Gondelgefährt raushechten und das Weite suchen. Doch vor Oliver blamiere ich mich nicht – nicht, nachdem alle anderen aus meiner Clique schon gesprungen sind. Oh Gott – jetzt ruckelt die Kabine und wir heben vom Boden ab!

Ich klammere mich am Geländer fest und sehe zu, wie meine Freunde unten langsam kleiner werden.

Bestimmt reden sie miteinander, reißen blöde Witze wie vorhin:

»Vivi hat Schiss!«

»Hahaha. Ich hab einfach kein Interesse daran. Was dagegen?«

»Ach Vivi, red doch nicht! Du hast die Hosen voll, ganz klar. Das ist die Gelegenheit, Mann, die kann man doch nicht auslassen. Heute ist der letzte Tag hier, und wenn's nicht die ganze Woche geregnet hätte, hätten die bestimmt nicht so gute Preise gemacht. Einen Sprung für fünfzig Euro, wo kriegst du den schon?«

»Es geht nicht ums Geld.«

»Wusste ich doch, dass du dich nicht traust!«
»Vielleicht beim nächsten Mal. Mir ist schon in der Achterbahn sauschlecht geworden!«
»Hättest du eben nicht den Döner gegessen! Ich hab euch gleich gesagt, wenn wir heute 'nen starken Tag abziehen wollen, dürfen wir nicht den Magen voll haben.«
»Ist auch egal. Vivi bringt es eben nicht. Wenn sie's machen wollte, wär sie längst da vorne und hätte ein Ticket gekauft. Jeder weiß doch, dass sie beim Bungee die unter Sechzehnjährigen normalerweise gar nicht springen lassen. Das hier ist die Chance, einzigartig.«
Das war ausgerechnet Mone. Meine beste Freundin. Mone mit ihren schreiend rot gefärbten Haaren, schrill sieht das aus, klar, aber *ich* habe sie ihr gefärbt, *ich* hatte tagelang noch die Farbreste unter den Fingernägeln kleben und *ich* habe das Bad geschrubbt, das aussah, als hätten wir Schweine geschlachtet, während sie seelenruhig unter der Föhnhaube saß und Horrorcomics gelesen hat. Das ist also der Dank für die Mühen, dachte ich sauer und in dem Moment sagte Oliver: »Klar bringt Vivi das nicht. Angst vorm Kick, sag ich euch. Mann, das war so geil, das war cooler als Sex!«
»Als ob du schon mal welchen gehabt hättest«, fauchte ich. Ich dachte, jetzt wird es aber Zeit, sich zu wehren.
»Mit dir nicht.« Er hat gegrinst und plötzlich war es still, keiner hat was gesagt, nur gegrinst haben sie alle, so als wüssten sie was. Als wüssten sie etwas, das sie natürlich

gar nicht wissen, das sie sich nur den ganzen Tag ausmalen und ausfantasieren in ihren armseligen Hirnen.
Ich habe Oliver angestarrt, und obwohl ich genau wusste, dass er das nicht ernst meinte, nicht ernst meinen *konnte,* bin ich dann rüber zum Kran und hab mich angemeldet. Fünfzig Euro der Sprung und zehn für das T-Shirt. Ohne dieses blöde *I did it*-T-Shirt hätte das ganze Springen ja keinen Sinn gemacht. Mir tat's leid um die sechzig Euro, schließlich waren sie noch vom Geburtstag, ein Geschenk von Oma Oberhausen und für die neuen Knieschoner gedacht, aber jetzt war's auch egal. Manche Sachen kann man einfach nicht auf sich sitzen lassen. Besonders nicht, wenn sie von Oliver kommen.

»Aufgeregt?«, fragt mich der Rastalockige und versucht einen Scherz: »Ich hoffe, du hast unten dein Testament gemacht!«
»Ich hab nichts zu vererben«, entgegne ich trocken, und als er lacht, muss ich auch ein bisschen lachen, über mich, worüber sonst. In so einer Situation bleibt einem gar nichts anderes übrig, als über sich selbst zu lachen. Da fahre ich in einer Krankabine sechzig Meter senkrecht rauf in den Himmel, um einmal die Pommesbude und den Autoscooter von oben zu sehen und mich dann im freien Fall runterzustürzen. Ich muss nicht ganz dicht sein. Ich möchte sagen können, diese Höhe jetzt reiche mir schon, ein paar Meter über dem Flachdach der Sparkasse, wenn

ich nachts vom Fliegen träume, fliege ich immer so in vier Meter Höhe, so Straßenlaternenhöhe, das würd mir ja schon reichen, möchte ich sagen, ich möchte sagen, dass ich nur zum Gucken hier raufgefahren bin, ich wollte nur mal gucken, wie weit man von hier gucken kann, gucken kann man unheimlich weit, nur meine Freunde kann ich unten nicht mehr erkennen. Ich weiß auch nicht, ob nicht mein Herz schneller schlägt, ich hab das Gefühl, es schlägt jetzt immer zweimal statt nur einmal, ja, ich fange an, alles doppelt zu sehen, den Rastalockigen, das Seil, das liegt da wie eine Schlange, das Seil, an dem gleich mein Leben hängt, die Gondel, den Ruck, mit dem wir ankommen in höchster Höhe, spüre ich doppelt, meine Gedanken sind doppelt, und als ich an den Absprungrand trete, klammern sich meine Hände mit doppelter Kraft am Geländer fest, doppelte Sicherung gegen den Fall, den freien.

Keiner von uns beiden sagt etwas. Metan meinte, sie würden einem oben noch viel Spaß wünschen, bevor's abgeht, und Mone hat behauptet, wer zu lange rumsteht und zögert, würde einfach geschubst.

Vielleicht muss sich jetzt mein Leben vorm inneren Auge abspielen, genau wie bei den Hollywoodhelden, die können in Zeitlupe noch mal ihre ganzen tapferen Taten sehen, ihre große Liebe, ihr Elternhaus, eben alles, was im Film so wichtig war. Ich warte, aber ich sehe nichts und ich befürchte, es war auch nie irgendwas wichtig bei mir.

Das Einzige, was mir einfällt, ist die rote Uhr, die ich Oliver vorgestern zum Einmonatigen geschenkt habe. Ich wollte sie ihm wieder wegnehmen, weil er genau am nächsten Tag Schluss gemacht hat und mir der Verdacht gekommen ist, er habe noch so lange gewartet, bis er sein Geschenk in der Tasche hatte, und dann Tschüss. Also, das Einzige, was mir einfällt, ist, dass Oliver die doofe Uhr behalten soll. Das heißt aber nicht, dass Oliver meine große Liebe ist. Nein danke, ohne diesen Mistkerl stünde ich jetzt nicht hier oben.

Ich muss gleich springen, der Rastalockige hinter mir wird schon unruhig.

»Bitte nicht schubsen«, sage ich und drehe mich um.

Er zuckt mit den Schultern, grinst.

»Na los, nur fliegen ist schöner!«

Fliegen. Ich breite meine Arme aus.

Im Traum komme ich gerade mal vier Meter hoch und stürze dann wieder ab.

Fliegen.

Und wenn das Seil zu lang ist, zu kurz ist, mich nicht hält? Dann heißt es nachher technisches Versagen und Oliver kann seine rote Uhr sowieso behalten.

Ich schiebe die Fußspitzen über die Kante.

Ich will eigentlich gar nicht.

Na los, Vivi.

Gut, dass meine Eltern nichts davon wissen.

Augen zu.

Es ist wahnsinnig tief. Ich werde das nie und nimmer überleben, da bin ich mir sicher.

»Und ab!«, sagt er hinter mir und aus Angst, er könne mich schubsen, aus Angst, er könne meine Schultern schnell mit seinen Händen nach vorne drücken, aus Angst, ich könne den Halt verlieren, lasse ich mich lieber selbst los und setze an zu dem einen Schritt nach vorn, aber das ist

Wahn-
sinn-
los
geht's
ich falle
lebe noch
Hals
über Kopf-
los
weiter-
mach
Augen
auf
dem Platz
die Menschen
schauen
auf
den Pommes-
stand ihm gut, die Uhr

Ol-

li

lass vorbei

was, wenn

reißt, rast

der Asphalt

kommt

näh-

hör

auf

los

geht's wieder

los-

lassen

schön

lang-

sam-

mel dich auf

du bist neu-

geboren

schreist wie ein Baby,

das baumelt

an seiner Nabelschnur

pendelt noch, noch, noch

pendelt Panik aus

unten nimmt jemand meine Füße, Beine, Hüften, sie könnte meine Mutter sein, diese fremde Frau, Bodenfrau des Bungeestandes, Boden, sie umarmt mich, als sei ich ihr Kind, ihr vom Himmel gefallenes Kind auf weichem Boden, löst mich von meiner langen Nabelschnur, vorsichtig, als sei das gefrorene Lachen auf meinem Gesicht mein allererster Schrei in dieser Welt, und als ich tapsig davontaumele, wundere ich mich, dass keiner fragt, warum ich laufen kann. Die Welt dreht sich noch, als mir jemand das T-Shirt in die Hand drückt, das hätte ich jetzt glatt vergessen. Was, von da oben bin ich runtergesprungen? Oje, wie weich fühlen sich meine Beine an, ich glaub, mir wird schwindelig.

»Na, wie war's? Gut? Sag schon, Vivi! War das stark? Das ist ein Feeling, was?«
Meine Freunde reden auf mich ein, halten mich fest und schleppen mich zum Getränkestand, wo mir Olli ein Glas Cola in die Hand drückt. Er selbst hat auch eins, stößt mit mir an und erst in diesem Moment beginne ich langsam, die Welt um mich herum wieder wahrzunehmen. Die Musik aus den Boxen über mir, den Geruch nach Bratwurst und Zuckerwatte, die Rufe der Losverkäufer und die schrillen Töne des Schleuderschaukelkarussells nebenan. Drüben am Bungee fährt gerade die Gondel zum nächsten Sprung aufwärts, ich kann meinen Blick nicht abwenden, warte mit angehaltenem Atem, bis ich den Körper sehe, der sich überschlagend in die Tiefe stürzt, aufgefangen und wieder hochgeschleudert wird, um wieder zu fallen.

Das habe ich gemacht, denke ich und es ist der stolze Schauer, der mich erzittern lässt, heiß und kalt wird mir auf einmal, ich fange an zu lachen, ein tosendes Lachen ist es, wie Wasserfontänen sprudelt es aus mir raus und ich könnte meine Freunde umarmen und tanzen und toben, ich lebe, das ist die Erfahrung: Ich lebe. Ich habe den Mut gehabt, ins Leben runterzuspringen, geil, geil, geil, ich tanze und turne und singe und juchze und Olli sagt: »Jetzt weißt du, was ich meine: Das ist der Kick. Ein Feuerwerk, im Schädel zischt's und knallt's, ein Haufen von Explosionen. Das ist Leben pur. Das ist wirklich echt.«
»Ja«, antworte ich, »genau so ist es. Genau so.«

Ein paar Stunden später sitze ich zwischen Sven und Metan auf der Absperrung des Autoscooters und werfe noch ab und zu einen Blick zum Bungee hinüber. Der Sprung ist vorbei, aber er hallt noch ein bisschen nach, wie ein toller Fernsehfilm manchmal mit ein paar Bildern in Erinnerung bleibt, obwohl die Werbung längst dran ist und einem in die Ohren dröhnt. Manchmal bleibt etwas haften, zwischen Haarshampoo, Schokolade und Hundefutter glaube ich, den schönen Liebhaber aus dem Spielfilm zu entdecken. Mir ist's dann so, als würde er gleich mit den Kirschpralinen im Sommergarten erscheinen und die Margarine-Frau beglücken. Trotzdem ist das natürlich schon wieder Realität und alles andere Geschichte, Traum, was weiß ich.

Ich denke überhaupt zu viel. Das liegt bestimmt daran, dass der Sprung in meinem Körper alles durcheinandergewirbelt hat, zuerst konnte ich vor Aufregung keinen klaren Gedanken fassen und jetzt muss sich das Chaos im Kopf erst mal lösen.

Mensch, wenn Oliver nicht ausgerechnet mit Mone in den Autoscooter gestiegen wäre, könnte es der beste Tag meines Lebens sein. Doch wenn ich die beiden so angucke, wie sie jetzt mit Schwung Hendriks Wagen rammen und laut lachen, bleibt mir glatt der Kaugummi im Hals stecken. Da hilft es auch nicht, dass ich so stolz auf meinen Mut bin. Der Kick war klasse, aber genau wie im Fernsehen mit der Werbung das richtige Leben wieder anfängt, fängt im richtigen Leben nach dem Kick die Langeweile wieder an. Die Langeweile ist eine Seuche, die einen überall packen kann, sogar auf der größten Kirmes der Stadt kann die Langeweile lauern, gut, ich weiß, dass sie sich manchmal tarnt, als Frust oder Eifersucht zum Beispiel, aber im Grunde genommen ist es immer nur die Langeweile, die hinter jeder schlechten Stimmung steckt.

Ich liege im Bett und höre mein Lieblingslied über Kopfhörer. Mein Vater hat mir die Stereoanlage so installiert, dass ich vom Bett aus Musik hören kann, ohne aufstehen und alles an- und ausschalten zu müssen. Das ist das Beste an meinem ganzen Zimmer, ich liege im warmen Bett und kann mir vorstellen, dass ich bei meinem Lieblingssong

noch mal durch die Luft fliege. Komisch, erst wollte ich um nichts in der Welt auf dieses Ding rauf und jetzt kann ich nur noch daran denken. Den anderen geht's wahrscheinlich ähnlich, obwohl Hendrik großschnäuzig behauptet hat, Bungee sei auch nicht prickelnder, als einmal Wilde Maus zu fahren. Wilde Maus ist eine Art Achterbahn, bei der die Wagen so komisch auf den Schienen liegen, dass du bei jeder Kurve denkst, sie würden abstürzen. Als ich mit Mone Wilde Maus gefahren bin, haben wir uns die Kehle aus dem Hals geschrien. Ob ich beim Sprung auch geschrien habe, weiß ich gar nicht. Wie kann ich das einfach vergessen? Ich muss mal die anderen fragen.
Ich kuschele mich zusammen und stelle mir vor, durch die Luft zu fliegen. Ein Partnersprung wäre schön.
Mit Oliver?
Nein, bloß nicht. Oliver kann mir ein für alle Mal gestohlen bleiben. Ich fliege lieber allein. Dafür wähle ich aber nicht die bekannte Kulisse der Kirmes, sondern lasse mich von einer hohen Brücke in ein Tal stürzen, ein weites Tal mit einem gewundenen Fluss und grünen Wiesen mit Kühen drauf, oder ich falle aus einem Flugzeug auf das Meer hinab, unter mir das endlose Blau, die Luft so warm, dass ich kopfüber ins Wasser eintauche, um mich zu erfrischen.
Ich drehe mich im Bett hin und her, und je müder ich werde, desto schwindeliger wird mir, das blaue Meer verwandelt sich zurück in meine Stadt: leere Plätze mit Blumen-

kübeln, S-Bahn-Brücken, Beton-Schulhöfe, Fußballfahnen, Wäscheleinen, türkisfarbene Balkone, alte Kühlschränke, Rost, Regen, Pfützen, Öl und Erbrochenes, und ich sehe Olivers rote Uhr in der Menschenmenge aufblitzen, sein Gesicht, das er mir noch mal zudreht, bevor ich nach oben schwebe, sein Lächeln, seinen Mund, die Lippen, die immer etwas rissig und aufgesprungen sind, aber trotzdem schön, nicht perfekt und trotzdem zärtlich, und ich purzele hinab, falle durch das Dach in unsere Gartenlaube, lande auf der schmalen Holzbank mit den orange-grünen Blumenkissen, liege in seinen Armen, unbequem und frierend, weil es draußen in Strömen gießt und der Regen auf das Wellblechdach prasselt, dann werde ich wieder hochgeschleudert, fort von seinen vorsichtigen Fingern unter meinem Sweatshirt, fort in den Himmel, in dem Mone auf einer zuckerwatterosa Wolke sitzt und sich die Haare föhnt. »Wie findest du meine neue Haarfarbe?«, ruft sie, die hat Sorgen, ich schieße nach oben und stürze nach unten, bis mir ganz mau davon ist und ich mir schwöre, nie wieder fliegen zu wollen, nie wieder mich nach Olli zu sehnen, nie wieder was weiß ich, Gott sei Dank ist jetzt das Lied zu Ende und ich muss nur noch auf einen einzigen Knopf drücken, um schlafen zu können.

Kapitel 2

Heute ist Bungeespringen Thema Nummer eins vor der Schule. Alle reden davon.

Mone, die die ganze Nacht von dem Sprung geträumt hat und ihn bestimmt hunderttausendmal neu gesprungen ist, Olli, der so begeistert ist, dass er sich von seinem Onkel schon ein Buch über extreme Sportarten ausgeliehen hat, sein jüngerer Bruder Sven, der rumquengelt, Olli solle dieses Buch nun auch endlich rausholen, es würde im Rucksack sowieso nur verknicken, Metan, dem der Nacken wehtut, und Hendrik, der sich ärgert, weil seine Mutter entdeckt hat, dass er ihr für den Sprung Geld aus dem Portemonnaie genommen hatte.
»Sie hat gesagt, ich würde wie mein Vater werden.« Er lacht. »Wie soll ich wie der werden, wenn ich ihn kaum sehe?«
»Das sind die Gene. Die arbeiten in dir«, antwortet Olli und sie grölen los.
Hendrik heißt bei Mone und mir nur der »Lippenfresser«. Kein Mensch kaut derart heftig auf seiner eigenen Haut herum wie er. Hendrik scheint immer zu grübeln oder Hunger zu haben.
Egal, jedenfalls war er gestern ganz wild aufs Springen. Anders als Mone und ich, die nur wegen der anderen mitgezogen haben, und auch anders als Metan, der nur wieder eine Sportart ausprobieren wollte. Metan ist unser Sportfreak, er muss sich einfach immer bewegen, manchmal kommt er sogar mit Inlineskates zur Schule, die Turnschuhe an den Schnürsenkeln an seinen Rucksack gebunden. Ich kenne meine Freunde sehr gut, wir wohnen näm-

lich alle in derselben Siedlung. Wenn ich mich bei uns auf den Balkon stelle, kann ich bei Olivers Eltern fast ins Schlafzimmer reingucken. Schon als Kinder haben wir miteinander gespielt, haben uns auf dem Spielplatz solche Sandschlachten geliefert, dass der Sand wie bei einem Wüstensturm in gelben Wolken über uns weggezogen ist. Ollis Mutter hat uns dann immer ausgeschimpft, weil Olli doch so 'ne schlimme Neurodermitis hat und nicht auch noch 'ne Staublunge kriegen sollte.

Wie blöd, dass meine Gedanken am Ende jedes Mal bei Oliver landen. Ich sollte mittlerweile drüber weg sein. Ganz schnöde hat er mich sitzen lassen, weil er sich angeblich nicht über seine Gefühle im Klaren war und nun doch keine Freundin wollte. Warum hat er mich dann erst angemacht? Von ihm ist das doch alles ausgegangen, nicht ich habe mich zuerst in ihn verknallt, er war's. Und jetzt zieht er mich auch noch auf damit, provoziert mich, wie gestern vor dem Bungeespringen. Wenn wir nicht alle so eine feste Clique wären, würde ich kein Wort mehr mit ihm reden. So wäre es einfacher, von ihm loszukommen. Doch das geht nicht, in meiner Clique machen wir alles zusammen.

Und dann Mone: Sie weiß alles über mich und Olli. Zum Beispiel, wie dämlich er sich in der Gartenlaube angestellt hat. Jede Kleinigkeit habe ich ihr brühwarm erzählt. Olli war schließlich mein erster Freund, Mone hatte noch keinen.

Logisch, dass wir beide tierisch aufgeregt waren an jenem Nachmittag in der Gartenlaube. Der Ort war auch nicht romantisch, keine Idylle wie in Kinofilmen, nur eine harte Holzbank, ein paar klamme Kissen, fleckig von Motoröl. Im Film riecht man weder das Motoröl, noch spürt man die Kälte. Und eng war es zwischen dem Motorradwerkzeug meines Bruders. Mein Bruder bastelt nämlich wie ein Irrer und war nur zufällig nicht in der Laube. Logisch, er hätte zurückkommen und Olli und mich entdecken können. Ziemlich peinlich. Und logisch auch, dass es blöd von mir war, so zu lachen, als Olli sagte, er habe einen hässlichen Bauchnabel und wolle ihn mir deshalb nicht zeigen. Herrje, ich wusste doch, dass seine Haut an manchen Stellen so aussieht, als sei er mit 'nem Reibeisen drübergegangen. Das ist doch kein Drama, ich hab auch Pickel auf dem Rücken. Na ja, jedenfalls wollte Olli partout nicht. Ist plötzlich fluchtartig verschwunden. Hat nachher behauptet, er hätte eh keine Freundin gewollt. Ich weiß nicht, was ich falsch gemacht habe.

Bestimmt war es falsch, Mone alles zu erzählen. Wie sie gestern mitgegrinst hat, als Olli sagte, *mit mir* habe er noch keinen Sex gehabt. Das hat mir einen Stich gegeben. Und dann ist sie auch noch mit Olli in den Autoscooter gestiegen, so als wäre alles wie immer und Olli der prima Kumpel wie eh und je. Wenn sie meine Freundin ist, kann sie gefälligst auch zu mir halten! Schließlich haben wir vorher auch immer zusammengehangen. Gut, ich hatte wegen Olli in den letzten Wochen nicht mehr so die Zeit für sie, aber so ist das eben, wenn eine einen Freund hat und die andere nicht.

Ein paar Minuten später habe ich die Gelegenheit, grelle Farbaufnahmen von Segelfliegern, Mountainbikern und Wellenreitern zu bewundern. Für einen Moment kann ich meine Probleme vergessen. Ollis Extremsport-Buch ist wirklich klasse. Ich habe solche Bilder zwar schon oft im Fernsehen gesehen, aber jetzt, nach dem eigenen Erlebnis, wirken sie viel intensiver.

Ich kenne das Gefühl des Angstkribbelns vorher und die Erlösung, die totale Freude, wenn man es geschafft hat. Wenn ich diese Fotos sehe, juckt's mich gleich in den Fingern. Eis klettern? Will ich auch. Wildwasser fahren in Afrika? Ein Traum. Mit dem Mountainbike über den Himalaja? Warum nicht? Wenn ich den Yeti treffe, brenn ich mit ihm durch und Olli kann mich mal.

»Bist du wirklich gesprungen?«, fragt Anne, die neben Mone sitzt, und zeigt auf mein *I dit it*-T-Shirt.

»Sicher«, antworte ich stolz und grinse.

»Das ist aber doch gefährlich, oder nicht?«

»Nö. Nicht gefährlicher als Bus fahren.«

Sie staunt. »Ich hätte mich das nicht getraut.«

Ich zucke mit den Schultern. »Warum?«

»Warum? Warum?« Sie rauft sich verständnislos die Haare und beugt sich wieder mit den anderen über Ollis Tisch, auf dem das Buch aufgeschlagen ist. Manche Extremis rasen mit dem Fahrrad auf den Rand der Küstenklippen zu und springen mit Schwung ins Nichts überm Ozean und klappen erst dann gemächlich den Fallschirm auf, wenn das Rad unten schon in tausend Teile zerschellt. Oder sie balancieren locker auf 'nem Hochseil über kilometerlange Schluchten in den Canyons von Amerika. Kein Netz, keine Sicherung dabei, nur die Gleichgewichtsstange. Auf Leben und Tod. Ein falscher Tritt und *Game over,* aber für immer und ewig. Nichts von wegen zweiter Versuch. *Second chance.* Gibt's nicht.

Ich blicke zu Hendrik und Olli hinüber. Sie haben rote Gesichter, reden hitzig.

»Wieso können wir das nicht? Man muss doch nicht extra nach Amerika fahren? Wir können hier auch was losmachen«, ereifert sich Hendrik gerade.

»Wie denn, bitte schön? Willst du im Stadtpark den Trimmpfad machen oder im Jugendcafé blind Billard spielen?«, entgegnet Olli und schüttelt den Kopf. »Irgendwas müssen wir schon haben. Berge, Meer, Natur eben. Wir brauchen Wildnis, keine Grünanlagen. Versteh das doch!«

»Verstehe ich«, zischt Hendrik zurück und blättert weiter. »Snowboarding! Das ist klasse, guck, siehste, das bringt's!«

»Aber dafür muss man logischerweise Schnee haben und den gibt's hier nicht mal zu Weihnachten«, schmettert Olli Hendrik endgültig ab und klappt das Buch zu. Ich sehe, wie Hendrik sich mal wieder auf die Lippen beißt, einen

Moment zögert und sich dann Ollis Buch greift, um unter dem Tisch weiterzulesen. Der Unterricht fängt an und ich stehe im Tagtraum auf 'nem Snowboard und sause den Lawinen davon, Vivi, die Wilde.

In Wirklichkeit bin ich allerdings nicht Vivi, die Wilde, sondern eher Vivi, die Windelweiche. Ich krieg feuchte Hände, wenn ich schwarzfahre oder wenn ich in der Englischarbeit von Mone abgucke. Ein einziges Mal habe ich im Supermarkt eine Dose Haarlack mitgehen lassen und bin dabei fast gestorben. Aber jetzt hab ich was Wahnsinniges geschafft! Jetzt wird alles anders, ich will meine Angst wegtrainieren. Ich will wissen, was ich kann. Volleyball? Das ist doch was für Luschen. Turnen? Nächstes Mal mach ich 'nen Spagat, bevor ich mich in die Tiefe stürze. Schwimmen? Nur noch im Pazifischen Ozean bei 'ner Haidichte von neunzig Prozent.

»Woran denkst du?«, fragt Mone, als sie mein Grübeln bemerkt.

»An Haie.«

»Ach so. Das ist gut. Ich dachte schon, du schwärmst von Olli.«

Ich schweige. Natürlich schwärme ich noch von Olli. Das weiß Mone auch. Ich würde ihr gern mehr sagen, aber ich bin noch gekränkt wegen gestern. Also mache ich einen auf cool und antworte: »Nö. Olli ist out. Du kannst ihn haben.«

Sie tippt sich an die Stirn, will aufbrausen, besinnt sich

dann aber: »Was soll ich mit 'nem Lover, Vivi? Ich will was erleben, nicht auf der Couch rumsitzen und knutschen. Händchen halten kann ich noch mit hundert, wenn ich keine Haare und keine Zähne mehr habe.« Sie lacht und knufft mich mit dem Ellenbogen in die Seite. Ich staune. So was sagt Mone doch sonst nicht. Sonst sind doch Jungs ihr Lieblingsthema. Also hat es Mone auch schon gepackt. Das Kickfieber.

Mone grinst. Grinst genau wie damals, als wir noch allerbeste Freundinnen waren, als wir zusammengehörten, Unsinn machten und dem verhassten Nachbarn faule Eier in den Briefkasten warfen. So grinst sie. Als könnten wir noch mal so was zusammen erleben. So echt und ehrlich.

Ich knuffe zurück und muss auch lachen.

»Stehen dir gut, die roten Haare«, sage ich.

Nachmittags treffen wir uns wieder. Meist rotten wir uns auf dem Kinderspielplatz in der Siedlung zusammen. Es gibt eine Bank, auf der man den iPod inklusive Boxen postieren kann, eine Hüpfwippe, auf der man beim Quatschen ein bisschen hin und her wackelt, und eine Art großes Indianerzelt, unter dem wir bei Regen rauchen und Pommes essen können. Leider sind die Anwohner drum herum etwas lästig, sie meckern dauernd, unsere Musik sei zu laut, wir ließen unsere leeren Coladosen einfach auf dem Boden liegen und würden ihre Kinder vergraulen. Einer kam schon mal auf die irrsinnige Idee zu behaupten, für über Zwölfjährige sei der Platz verboten. Also, so was bringt mich immer auf die Palme, wo willst du denn hingehen, wenn du über zwölf und unter achtzehn bist, da kommst du in keinen guten Film und keine Kneipe, am besten, du bleibst immer in deinem Ikea-Kinderzimmer sitzen und drehst Däumchen.

Heute ist es wenigstens schön sonnig warm, goldener September und wir bewerfen uns mit Kastanien und lassen Hip-Hop durch die Vorstadtidylle dröhnen. Olli, Mone und Hendrik sind in das Extrembuch vertieft, Metan trägt Inlineskates und übt auf dem Platz rückwärts fahren.

»Holt doch auch eure Skates, dann können wir 'n bisschen rumheizen.«

»Nee, keinen Bock«, mault Sven, wir anderen reagieren nicht. Einerseits träume ich noch vom Bungeespringen, andererseits kann ich mich mal wieder zu nichts aufraffen. Mich überfällt das manchmal so. Ich habe dann einfach zu gar nichts Lust. Das ist so 'n Gefühl, als setzt du dich vor die Glotze und zappst stundenlang von einem Sender zum anderen, ohne irgendwo stehen zu bleiben. Du denkst, dass nichts Gutes zum Gucken dabei ist, dass du aufstehen müsstest, um irgendwas zu tun, irgendwas, aber du kriegst nicht mal das Ausschalten auf die Reihe.

Metan zuckt mit den Schultern, kümmert sich nicht um uns, übt weiter. Er hat Geschick, wirklich. Wie er die Füße setzt, ohne Unsicherheit, klack – klack – klack, gar nicht

übel, ich sollte mich auch wirklich mal wieder aufraffen und fahren. Plopp – plopp – plopp, da kommt eine dicke Kastanie im Tiefflug, und Treffer, Metan kriegt sie zwischen die Räder und sitzt prompt auf dem Hintern.
Ich blicke sofort zu den anderen. Sven entwischt ein kurzes Grinsen, dann senkt er blitzschnell den Arm und guckt wieder ins Buch.
»He, welche Sau war das?« Metan rappelt sich hoch, alle lesen, keiner hat was gesehen.
»Kam aus der Luft!«, sagt Sven und deutet nach oben.
»Der Wind, der Wind, das himmlische Kind!«, albert Mone.
»Der Baum kotzt!«, bringt Oliver den Gag auf den Höhepunkt und die anderen wiehern vor Lachen. Ich halt mich raus. Ich bin doch nicht blöd und sag, wer's war, außerdem: Spaß muss sein! Metan schweigt, reibt sich die schmerzenden Stellen, fährt weiter.
Mir ist endlangweilig. Wenn doch mal einer was vorschlagen würde, was wir machen könnten. Doch wenn ich jetzt mit einer Idee komme, haben die anderen garantiert keine Lust. Sind zu faul aufzustehen oder so.
Ich wippe mit der Musik. Wenn wir die nicht hätten, wäre es ganz öde. Und ausgerechnet die wollen uns die bescheuerten Anwohner verbieten. Gerade kommt wieder eine Frau mit Einkaufstaschen und wirft uns einen missbilligenden Blick zu.
»Schlampe!«, zische ich und ziehe eine Fratze. Ich bin ein

unmöglicher Mensch, klar, weiß ich doch. Aber ich habe auch tierische Kopfschmerzen. Die Aspirin heute Morgen hat mich gerade nur über die Schulzeit gerettet. Ich seufze. Wenn die Jungs nicht da drüben säßen und Hendrik mit Olli gewettet hätte, dass er es schaffen würde, mit uns hier in der Vorstadt Extremsport zu treiben, wäre ich schon längst abgezogen. Ich glaub zwar nicht daran, dass sie was Gutes finden, aber ich will auch nichts verpassen.

»Ich hab mal gehört, dass S-Bahn-Surfen gut sein soll«, schlägt Metan vor. Er lacht dabei und ich bin sicher, dass er es nicht ernst meint, aber Hendrik und Olli nicken nachdenklich. Sven blickt Olli erschrocken an, wie immer, wenn ihm was nicht geheuer ist. Sven ist nämlich Ollis Schatten. Er macht alles nach, was sein Bruder macht, rennt hinter ihm her wie ein Küken hinter der Glucke. Als wir zusammen waren, hat das Olli total genervt, jetzt ist es ihm wieder ganz recht so. Ich glaub, Olli nutzt jetzt jede Gelegenheit aus, um sich und uns zu beweisen, dass er ein starker Typ ist, jedenfalls keiner, der wegen eines hässlichen Bauchnabels seine erste Liebe ziehen lässt. Dabei könnte Olli genau einer von denen sein, die in der *Bravo* an Doktor Sommers *Sex und Zärtlichkeit* schreiben und ihre Komplexe auswalzen. Einer von den ganz Beschränkten.
Trotzdem mag ich ihn.
»S-Bahn-Surfen stelle ich mir schon stark vor«, sagt er jetzt.

Ich reiße die Augen auf. Olli hat vom S-Bahn-Surfen genauso wenig Ahnung wie ich und die anderen hier. Mann, wir leben nicht in New York City, Harlem, der Bronx oder wie diese Orte alle heißen. Wir sind ganz normale Jugendliche, wir sind nicht arm, nicht drogensüchtig, nicht lebensmüde, nichts, wir wollen einfach ein bisschen Spaß haben oder uns was beweisen von mir aus auch. Aber S-Bahn-Surfen! Das ist ja voll abgefahren! Ich hab davon mal in der Zeitung gelesen. Jemand war umgekommen und die Polizei dachte erst, es sei Selbstmord. Nachher kam raus, dass es ein Sportunfall war.

»Das ist doch schon total durch«, widerspricht Hendrik jetzt. »Beim Extremsport kommt es ja auf neue Grenzen an, die du entdeckst und überwindest und . . .«

»Eben!«, unterstütze ich ihn, obwohl ich keinen blassen Schimmer davon habe, worauf es angeblich ankommt. Ich will mich nicht bei hundertzwanzig Sachen draußen an 'ne S-Bahn klemmen. Das kommt gar nicht infrage.

»Das war eigentlich auch nicht ernst gemeint«, gibt Metan zu.

Olli zuckt gleichgültig mit den Schultern, Hendrik bearbeitet seine Lippe.

»Wir könnten in die U-Bahn-Tunnel reinlaufen, das ist vielleicht spannend, jedenfalls ist es verboten und . . .«, schlägt Sven vor.

»Kinderkram!«, mäht Olli ihn nieder, erzählt aber gleichzeitig, wie toll es ist, wenn man auf den kleinen Vorortbahnhöfen wartet und mitkriegt, wie die Schnellzüge durchfahren.

»Da ist immer so 'ne weiße Linie auf dem Bahnsteig aufgemalt. Hinter die soll man zurücktreten, wenn der Zug kommt, weil sonst der Sog so stark ist.« Seine Augen strahlen. »Wenn wir die überschreiten, also, wir könnten uns ja vielleicht flach hinlegen und aneinander festhalten, so für den Anfang, ich mein, das ist jetzt nichts mit Bewegung, aber es gibt ein gutes Kribbeln im Bauch, wenn der Zug zischend an dir vorbeizieht.«

»Okay, das machen wir!«

Wir ziehen los, fröhlich und voll Tatendrang. Komisch, ich bin noch nie zur Bahnstation gegangen, ohne irgendwohin fahren zu wollen. Doch die Idee ist gut. Ich hätte sogar Lust wegzufahren. Irgendwohin, meine Clique und ich, das wäre okay. Wir lassen die Musik laufen, nehmen den Weg am Einkaufszentrum vorbei, helle Lichter, hastende Menschen mit Plastiktüten, Einkaufswagen, die über den Platz zurückgeschoben werden. Irgendwo da drinnen arbeitet jetzt meine Mutter, tackert Preisschilder auf Milchtüten und Hundefutterdosen und ahnt nicht, dass ihre Tochter gerade zu einem Grenzerlebnis unterwegs ist. Ich muss grinsen. Meine Mutter ahnt sowieso so manches nicht. Dass es mich total annervt, dass sie mir immer noch morgens ein Schulbrot neben den Teller legt, zum Beispiel. Dass ich das nie esse, es immer sofort wegwerfe. Aber meine Mutter ist ja auch selbst schuld. Legt mir jeden Morgen Salami drauf, obwohl ich die nicht ausstehen kann. Sie hört mir eben nicht zu. Das ist überhaupt das größte Problem bei ihr, sie hört nie wirklich zu, wenn ich mit ihr rede. Unterbricht mich ständig, fragt nach der Schule, nach Mone oder sonst irgendwas anderem. Und erzähle ich dann davon, fragt sie gleich wieder nach was Neuem. Sie sieht mich auch nie richtig an. Ich glaube, wenn man sie fragen würde, welche Augenfarbe ich habe, wüsste sie das gar nicht zu sagen.

Echt, es freut mich, dass sie nichts davon weiß. Sie weiß eh nicht viel über mein Leben und ich finde, das ist ganz gut so. Soll sie in ihrem Supermarkt hocken und von mir aus die ganze Welt zutackern. Außer Mone und Olli gibt es kaum Menschen, die mir richtig nahestehen, aber gerade meine Eltern sind mir manchmal so fern wie die Eskimos auf den Eisschollen.

Also weiter durch die Unterführung, die Treppen zu den Gleisen rauf und wir sind da. Niemand wartet. Kein Wunder, hier hält die Bahn nur einmal in der Stunde.

»Ja, los, hier ist die weiße Linie. Ich traue mich so weit. Und ihr?«

Ich fand es schon komisch, unten in der Unterführung die Lastwagen an mir vorbeidonnern zu spüren. Aber ich mache mit. Lege mich flach auf den Bauch neben Hendrik und wir grinsen uns an. Dann drehe ich mich auf die andere Seite, zwinkere Mone zu.

»Komm, du blöder Zug, es wird kalt«, sagt sie.

»Arschkalt«, bestätigt Metan.
»Olli, bist du sicher, dass hier was vorbeikommt?«
»Ja, wart's doch mal ab!«
Hendrik will aber nicht warten. Er steht wieder auf, holt eine Spraydose aus seiner Jackentasche und verschönert den Fahrkartenautomaten.
»Will noch einer eine Fahrkarte kaufen? Gleich kann man nichts mehr lesen!«
»Hendrik hör auf, es ist noch hell«, ruft Metan und steht auch auf.
Mir ist ebenfalls kalt, es ist langweilig, es fängt an zu nieseln und Mone schlägt vor, für heute lieber ins Billardcafé zu gehen. Also trotten wir gerade die Treppen wieder hinunter, als ein Zug kommt.
»Wieder rauf!«, ruft Hendrik und er und Olli hechten hoch, um sich auf dem Bahnsteig wie bei der Bundeswehr auf den Boden zu werfen. In dem Moment ist der Zug aber schon vorbei und sie sind umsonst gespurtet.
»Mist, wir hätten mehr Geduld haben müssen!«, keucht Olli außer Atem.
»Ja, aber das bringt's doch nicht. Abwarten und rumliegen gehört nicht zu dem, was ich unter Sport verstehe. Da kannst du ja wie Opa am Kanal angeln gehen«, lässt sich Hendrik hören.
»Es muss was anderes sein, etwas mit Bewegung. Eine Herausforderung an den ganzen Körper. Ein innerer Knall, ein Adrenalincrash, ein Aussteigen aus der Welt!«

Seine Augen glänzen, er ist voll dabei. »Du lässt alles hinter dir«, flüstert er wichtig und Metan und Mone verziehen amüsiert die Gesichter, aber Hendrik achtet nicht darauf: »Ich stelle mir das vor wie ein Computerspiel in Echtzeit. Ein einziger Rausch, der nicht mehr auszuschalten ist. Gefährlich, geil und geisteskrank.«

»Dann lass uns doch woandershin gehen! Es regt mich jetzt auch langsam auf.«
Mone stemmt die Hände in die Hüften und wirft einen giftigen Blick zu den drei Frauen mit den kleinen Kindern hinüber. »Als ob das Geplärre ihrer Bälger weniger nervtötend wäre als unsere Musik!« Sie wendet sich mir zu. »Sag du doch mal was, Vivi!«
»Was soll ich denn sagen? Mensch, das weiß doch jeder, dass es Schwachsinn ist zu behaupten, wir hätten die Wippe kaputtgemacht. Als ob wir uns auf so 'ne blöde Kinderwippe setzen würden. Was glaubt die denn, was wir sind, Spätentwickler, oder was?«
»Lass uns woandershin gehen«, wiederholt Mone.
»Willst du nicht noch auf die Jungs warten?«
»Nee.« Sie verzieht das Gesicht. »Wer weiß, wann die heute kommen. Nach dem Flop mit dem Schnellzug gestern grübeln Olli und Hendrik bestimmt stundenlang über dem Extremsport-Buch. Hendrik redet von nichts anderem mehr und Olli auch. Außerdem: Wenn sie diese Keifweiber sehen, flippen sie auch nur aus.«

Sie nimmt den iPod, bleibt aber unschlüssig stehen.
»Können wir zu dir in den Garten?«
Ich zucke die Achseln. Unser Minigarten mit Holzhäuschen ist eigentlich nicht so eine gute Idee. Zum einen habe ich komische Erinnerungen an die Sache mit Olli, zum anderen habe ich keine Lust, meinem Bruder zu begegnen. Er wird an seiner Maschine schrauben und uns anpflaumen, wir würden ihm im Licht stehen. Mein Bruder kommt voll auf meinen Vater raus. Was meine Mutter zu viel redet, sparen mein Vater und mein Bruder wieder ein. Wenn sie im Haus sind, sagen sie nie etwas, sondern verständigen sich nur über Brummlaute oder die Höhe der Fernseherlautstärke. Brummen heißt: »Ja, wenn's sein muss«, und Die-Glotze-lauter-Drehen bedeutet entsprechend: »Nein, lass mich in Ruhe.«
»Schon gut«, gibt Mone sich auch schon selbst die Antwort.
Wir schweigen und schlendern nachdenklich die Straße hinunter. Hinten sehe ich die Jungs kommen, sie sind doch schon da, na, vielleicht haben sie eine Idee, was wir machen könnten. Vielleicht in die Jugendfreizeitstätte fahren, aber seit sie dem Bernd die Stelle gestrichen haben, sind da nur noch Pädagogenheinis, die einen von früh bis spät volllabern, von wegen wir sollten weniger abhängen und was Vernünftiges mit unserer Zeit anfangen. Das macht schon gar keinen Spaß mehr, kaum sitzt du mal schön gemütlich im Café oder spielst

ein bisschen Tischfußball, kommen sie auf dich zugeschossen und schlagen dir vor, du sollst ein Titelbild fürs neue Telefonbuch entwerfen oder die Stromkästen der Stadt bunt anmalen. Da hab ich ja zu viel gekriegt. Ich mach mich doch nicht zum Affen und renn mit Farbe und Pinsel durch die City, um irgendwelche blöden Stromkästen bunt zu malen, ich bin doch nicht behindert.

»Was ist los, wo wollt ihr hin?«

Hendrik begrüßt uns als Erster und wir erzählen ihm die nervige Story mit den Spielplatzmüttern.

»Was? Von denen lasst ihr euch vertreiben? Da gehen wir wieder hin! Die sollen mal was sagen, wir können schließlich rumstehen, wo wir wollen!«

Sven und Metan schweigen, Oliver scheint unschlüssig.

»Wir können ja auch so 'n bisschen rumziehen und gucken, ob wo was los ist.«

Ich nicke. »Ich hab auch keinen Bock, wieder zurückzulatschen.«

Da schlägt Olli vor: »Was haltet ihr davon, wenn wir uns mal auf dem alten Industriegelände umgucken. Da haben wir unsere Ruhe.«

Warum nicht.

Schön ist es dort nicht gerade. Ein verlassenes, unheimliches Gelände, wie eine tote Stadt aus einem Sciencefictionfilm. Die richtige Kulisse für Schmuggler, Serienmörder und solche Leute. Hier könnte man einen Krimi oder einen Thriller drehen. Ich würde gern mal einen Film machen. Während wir herumstreunen, stelle ich mir vor, wie ich mit meiner Kamera die Kulisse einfange: zugemauerte Türen, eingestürzte Decken, haufenweise Kachelscherben, ein aus der Wand gerissenes Waschbecken, Eisenbahnschienen, die plötzlich enden, auf denen nie wieder ein Wagen fahren wird. Rostige Schilder, roter Blitz auf gelbem Blech. Auf der Erde Öllachen, in der Luft Krähen, krächzendes Geschrei über unseren Köpfen. Das Gefühl, von überall beobachtet zu werden.

Vielleicht finden wir ein entführtes Kind. Oder gestohlene Autos, die umlackiert werden. Oder sogar eine Leiche. Mich schaudert's, das ist kein Film, das ist Wirklichkeit und ich bin keine Regisseurin und keine Stuntfrau. Besser, ich bleibe dicht bei den anderen.

»Hier ist ein guter Platz!« Mone erklimmt ein paar riesige Rohre, die wie gestapelte Baumstämme vor einer großen Halle liegen.

Das soll ein guter Platz sein? Ich zögere, aber Hendrik setzt sich schon zu Mone, Metan schleudert seinen Rucksack auf den Boden, steigt auf das höchste Rohr, tanzt dort ein bisschen herum, imitiert einen Rocksänger und schubst Sven leicht, der ihm gefolgt ist.

»Kommt, wir räumen ein bisschen auf!« Olli beginnt, mit Steinen nach den verbliebenen Fensterscheiben der Halle zu zielen. Die großen Wandflächenfenster sind mit

Bleistegen so unterteilt, dass bei jedem Treffer nur eine kleine Fläche zu Bruch geht.

»Wetten, dass ich genau das Fenster treffe, das ich mir ausgesucht habe? Oberste Reihe, das dritte von links. Jetzt, passt auf!«, ruft Olli, zielt, wirft und landet seinen Stein im zweiten von links.

»Knapp vorbei ist auch daneben!« Metan macht sich dran, Steine zu sammeln, Mone bückt sich auch schon, Sven bringt den iPod auf den Rohren in Position, dreht die bekannten Lieder auf und meine Beklemmung legt sich etwas. Das Glas splittert, die silbrigen Scherben stieben durch die Luft. Ein Klirren und Klingen wie von Sektflaschen zu Silvester. Wir machen einen Wettkampf im Scheibeneinwerfen. Wir sind zu sechst, wir sind laut, wir sind stark. Es geht mir schon wieder gut. Schade, dass wir nichts Richtiges zu trinken haben. Die Cola ist warm geworden und die angebrochene Flasche schmeckt schalig. Wir beschließen, dass der, der die wenigsten Treffer landet, gleich für alle an der Tankstelle einkaufen muss, und ich hab ganz gute Chancen, nicht diejenige zu sein, denn Sven ist noch ungeschickter als ich, während Mone ganz vorn mitmischt.

Schließlich steht's fest und Sven trabt los, während wir die Musik lauter aufdrehen und im Abendlicht nach allem zielen, was irgendwie treffbar ist. Nur Hendrik hat sich abgesondert, schlendert herum und guckt sich das Gelände an.

»Na, wer ist der Crack des Tages?!« Olli versucht 'ne protzige Geste.

»Zwei Treffer mehr und ich hätte dich gehabt«, kontert Metan. »Gib bloß nicht so an.«

»Du? Nie! Sei froh, dass dich Mone nicht überholt hat, die hat mehr in den Armen als du.«

»Hey!« Metan steht drohend auf, aber Olli lacht nur: »Krieg dich wieder ein, Alter.«

Was konnte ich nur an Olli so toll finden? Doch nicht seine stichelnden Sprüche oder die höhnische Stimme, mit der er jetzt zum Beispiel seinen Bruder begrüßt, der voll bepackt mit Lebensmitteln zurückkommt.

»Leute, guckt mal, da kommt unser Sklave, jetzt gibt's was zu essen!«

Doch, ich fand das gut. Olli hat bisher den Ton angegeben. Hendrik war mit seiner Lippe beschäftigt, Metan mit seinen Rollschuhen, nur Olli, der hat in einer Tour Sprüche losgelassen.

Auf einmal habe ich das Gefühl, es wird sich in unserer Clique etwas ändern, auch wenn Mone mir gestern noch gesagt hat, wie toll sie es findet, dass wir wieder richtig was zusammen unternehmen, es ist etwas im Gange, auch wenn wir's vielleicht noch nicht merken.

Kapitel 3

Die Halle mit ihren Wänden aus Eisenträgern und rotem Ziegelmauerwerk ist gut zehn Meter hoch.

In der Mitte liegen die Wandflächenfenster mit den eingeschlagenen Scheiben, obendrauf ein flaches Dach. An einer Stelle führt eine Feuerleiter hinauf.
»Was hat er vor?«, fragt Metan.
Ich weiß es nicht.
Olli zuckt mit den Schultern.
Mone lässt eine Kaugummiblase knallen.
»Raufklettern. Freeclimbing«, rät Sven. Es soll wohl ein Scherz sein, doch Hendrik streckt die Hand nach der Leiter aus.
»Ich komme nicht dran! Ich brauch was zum Draufstellen!«
»Er will doch nicht wirklich raufklettern? Das ist gefährlich!« Ich kann's nicht glauben.
»Lass ihn doch, Vivi.« Mone pustet eine neue Kaugummiblase auf, sie zerplatzt und hinterlässt weiße Klebefäden auf Mund und Nase. »Du redest schon wie meine Mutter.«
Ich schweige betreten. Wenn ich alles sein will, mit Mones Mutter lasse ich mich nicht vergleichen. Sie ist die Ängstlichkeit in Person, hat eine hohe Stimme und eine ganz komische kleine Dauerwellenfrisur, wie ein Wischmopp sieht sie auf dem Kopf aus. Ständig linst sie durch den Türspion; wenn ich zu Mone komme, macht sie immer schon auf, bevor ich geklingelt habe, und drinnen haben Mone und ich keine ruhige Minute: Mones Mutter muss mal schnell durch Mones Zimmer saugen, Mones Mutter muss mal

eben erzählen, wie Tante Trudi gestern in einen Hundehaufen getreten ist, Mones Mutter hat mal gelesen, dass man Straßenschuhe im Haus ausziehen soll, weil unter den Sohlen lauter böse Keime drunterkleben, und Mones Mutter hat leider immer noch keinen Termin beim Psychiater.

»Hey, wollt ihr mir nicht mal helfen?!« Hendrik winkt und wir setzen uns in Bewegung.

»Das reicht, gut so. Wenn ich da draufsteige, geht's.« Hendrik streicht sich seine Baseballkappe vom Kopf, setzt sie neu zurecht, fuchtelt mit den Händen herum: »Gib mal meinen Rucksack. Danke. So, jetzt kann's losgehen. Was sagt ihr? Kommt ihr mit?«

»Special Freeclimbing?«, fragt Olli.

Hendrik strahlt. »Gute Idee, oder?«

»Ja, warum nicht.«

»Also, was ist? Kommt ihr mit?«

»Klar. Glaubst du, wir lassen uns das entgehen?«, mischt sich Mone ein.

»Gut. Tschüss dann. Wir sehen uns.«

»Mach's gut, Alter. Ich komm gleich nach.«

Olli klatscht ihm lässig die Hand ab, wir anderen warten.

»Wer weiß, wie alt diese Leiter ist!«, fällt mir plötzlich ein und ich trete vor, um sie mir näher anzusehen. »Die ist ja total verrostet! Das hält die nie aus!«

»Ach, sicher. Die Dinger sind für die Ewigkeit gemacht. Der Rost ist nur oberflächlich, da brauchst du keine Angst zu haben«, beruhigt mich Olli.

»Ich habe keine Angst, es ist nur . . .«
Ich sehe nach oben.
Hendrik hält plötzlich inne.
»Siehst du, Olli«, rufe ich. »Jetzt ist was.«
Mone reißt die Augen auf und Metan steigt schnell auf die Kisten und kratzt mit dem Fingernagel an der Metallleiter herum. »Sieht aber wirklich nur oberflächlich aus.«
»Warum klettert Hendrik dann nicht weiter?«
»Vielleicht hat er Höhenangst. Da ist man wie gelähmt, man kann nichts mehr machen.«
»Geht lieber da weg. Falls er runterfällt, kriegen wir ihn auf den Kopf«, sagt Sven ängstlich und weicht zurück.
»Quatsch!«, knurrt Olli. »Hendrik fällt nicht runter. Der ist gut, der weiß, was er macht. Stellt euch nicht so an, Leute!«
»Na, jetzt geht er weiter.«
Gebannt verfolgen wir jede von Hendriks Bewegungen. Wahrscheinlich wollte er einfach nur verschnaufen, denn schließlich zieht er sich oben aufs Dach und stößt einen Moment später einen Jubelschrei aus.
»Alles in Ordnung. Wir können kommen. Es war nichts. Genau, wie ich gesagt habe«, sagt Olli und legt die Hände um die Eisenstangen. »Zuerst ich.«
Ich sehe seine Handgelenke und vermisse die rote Uhr, die ich ihm geschenkt habe. Blödmann, jetzt trägt er sie nicht mal mehr. Und sie war so schön und teuer!
Dann klettert Mone los. Nach ihr bin ich an der Reihe.

Ich steige auf die Kisten.
»Der Rost ist nur oberflächlich«, haben die anderen gesagt.
Also los.
Mone ist irgendwo in der Mitte, sie braucht sehr, sehr lange und da hab ich für einen Augenblick den ganz fiesen Gedanken, dass sie ja nur abstürzen müsste und ich von dieser Aufgabe befreit wäre. Wie kann ich nur so was denken, erschrecke ich vor mir selbst. Mone ist meine beste Freundin, meine einzige. Trotzdem werde ich den Gedanken nicht los, wie ein Spuk geistert er durch meinen Kopf, ich stelle mir vor, wie sie den Halt verliert und unendlich langsam, in Zeitlupe, nach unten segelt. Ohne Seil. Ohne Halt. Sie wird neben mir auf den Boden knallen und wir werden uns alle furchtbar erschrecken und nichts tun und nichts sagen, und von oben kommen vorsichtig die Jungs wieder runtergestiegen und fertig.
Mone ist oben.
Aber ich stehe hier und werde gleich runterfallen. Ganz sicher.
Es ist mir egal.
Ich will da rauf. Natürlich will ich.
»Und ab!«, hatte der Typ beim Bungee gesagt. Ich ziehe mich hoch, doch nach wenigen Sprossen splittert der Rost an meinen Fingern, schneidet meine Haut auf. Es reißt und beißt so sehr, dass ich vor Schmerz sofort loslassen möchte. Doch ich kann nicht zurück. Ich bin schon weit oben und hinter mir steigt Metan auf.

Mir steigen die Tränen in die Augen, es tut sauweh. Denk an was anderes! Wie blau der Himmel ist! Der schönste Altweibersommer seit Jahren. Wäre ich ein altes Weib, müsste ich solche Sachen nicht mehr machen, höchstens mal eine Gardine aufhängen oder ein Fenster putzen.

Ich will nicht weiter. Ich kann nicht weiter. Ich hasse diese Leiter. Leiter, schreit er, wenn er fällt, dann schreit er. Dreh nicht durch, reiß dich zusammen, gleich hast du's.

Da ist Hendrik.

Er zieht mich aufs Dach, meine Hände sind blutig, rote Flammen.

»Hier, nimm ein Taschentuch.«

Mone hat sich abgewandt, Olli die Finger vor den Mund gepresst. Metan kommt herauf, streicht sich eine schwarze Haarsträhne aus dem Gesicht, strahlt mich an.

»Ich war direkt hinter dir«, sagt er.

»Du bist verrückt! Wenn ich abgestürzt wäre!«

»Dann hätte ich dich festgehalten.« Er lacht.

»Nein, ich hätte dich mit runtergerissen!«

»Unsinn.«

»Natürlich!«

»Wetten nicht?«

Er versucht, mich zu kitzeln, und verfolgt mich spielerisch. Metan kann einen wunderbar aufheitern und da vergesse ich den Schmerz und lache mit.

Das Dach ist die Eroberung schlechthin.
An einer Kante steht Olli, hat die Arme ausgebreitet wie Leonardo di Caprio im Film *Titanic*, schreit: »Ich bin der König der Welt!«
Daneben hantiert Hendrik mit der Sprühdose. »Ich verewige uns hier oben. In Silber sprüh ich unsere Namen untern Himmel. Hey, Sven, willst du nicht noch mal eben runter und die Musik raufholen?!«
»Ja, genau, Sven, wenn du gehst, bring mir was zu trinken mit, ich hab Durst«, bestellt Olli.
»Für mich 'nen Champagner!«, ruft Metan.
»Champagner? Nee. Ich möchte Cola und Pizza.«
»Iihh. Du hast ja überhaupt keinen Stil.«
»Klar hab ich Stil. Ich bin Extrem-Olli. Der Mann für jeden Kick.«
»Yeah!«, schreit Hendrik und Olli breitet wieder die Arme aus.
Ich lache und auch Sven lacht, es macht ihm nichts aus, wenn sie ihn aufziehen, das sind eben unsere Späße, das ist schon okay.
Nur Mone ist nicht übermütig, sondern raucht stumm eine Zigarette nach der anderen.
Wir lassen die Sonne versinken, sprühen die Dose leer – Silber ist 'ne grelle Farbe, am liebsten würden wir dem ganzen Dach 'nen neuen Anstrich geben, beim nächsten Mal werden wir auch noch andere Farben mitbringen, jeder sprüht seinen Namen in seiner Farbe, das ist Metans

Idee, aber die andern sind dagegen, Silber ist unsere Farbe, klar?
»Ich trau mich nicht wieder runter«, sagt Mone plötzlich mitten in die läppische Diskussion über Farben hinein und einen Augenblick wollen wir alle protestieren: »Klar schaffst du das, stell dich nicht so an, wer raufkommt, kommt auch wieder runter.«
Da sehen wir, dass sie wirklich bleich ist. Ihr zittern sogar die Hände.
»Ich kann nicht. Ich schaff das nicht. Ich hab Angst.« Sie greift nach der Zigarettenschachtel, leer, sie kramt in Hendriks Rucksack, auch nichts, sie fährt sich durch die Haare, weint.
»Guckt mal, wie meine Hände aussehen!«, schluchzt sie. »Die tun schweinisch weh. Ich kann mich nicht halten. Ich kann nicht wieder runter.«
Wir verstummen.
Olli kommt heran. Hendrik hört mit der Sprüherei auf. Mone sitzt einfach da und weint und wir stehen wie versteinert drum herum und bringen kein Wort raus.
»Wenn wir einen Rettungshubschrauber holen?«, schlägt Sven zaghaft vor.
»Spinnst du?«, schreit Olli. »Was sollen unsere Eltern sagen! Weißt du, was das kostet? Wir sind doch nicht in Lebensgefahr!«
»Ja, was denn sonst?«, ruft Sven. Er sieht blass aus.
Mone schluchzt noch lauter, sie schreit fast und ich bücke

mich zu ihr runter, lege den Arm um sie, aber sie lässt sich nicht beruhigen.
»Wäre ich nur nicht hier raufgestiegen. Wäre ich doch zu Hause geblieben! Wäre ich . . .«
»Das Jammern hilft jetzt auch nichts. Mone! Es geht nicht anders, wir müssen wieder runtersteigen«, beschwört Oliver sie.
»Ich kann ja vorgehen«, bietet Hendrik an.
»Unsinn! Wenn sie ausrutscht, liegst du auch mit unten.«
»Metan ist gerade auch ganz dicht hinter Vivi raufgestiegen«, wirft Sven ein, doch Olli fährt ihm sofort über den Mund: »Der war ja auch völlig hirnrissig! Das macht doch kein Mensch!« Er tippt sich an die Stirn und wirft Metan einen giftigen Blick zu.
»Und wenn ich 'n Seil hole, an dem wir sie festbinden, und wenn sie fällt, dann . . . «, schlägt Hendrik vor, doch das ist endgültig zu viel für Mone. Sie verschluckt sich, schnappt japsend nach Luft.
»Oh Gott, was machen wir denn jetzt?« Hendrik nimmt seine Baseballkappe ab, wischt sich den Schweiß von der Stirn, stammelt: »Wir können keinen Hubschrauber holen, das geht nicht. Jedenfalls ich nicht. Wenn meine Eltern das mitkriegen . . .«
»Ja, meine erst mal!«, ruft Olli.
»Notfalls mache ich es«, sagt Metan ruhig und nickt Olli zu.
Wie unterschiedlich die beiden sind, fällt mir plötzlich

auf. Metan mit seiner stillen, fast verschlossenen Art und Olli mit seinen Sprüchen.

»Wir müssen uns entscheiden, es wird gleich dunkel«, drängt Olli jetzt.

»Meinst du, die können nicht im Dunkeln kommen?«

»Doch, schon. Aber vielleicht geht Mone ja von selbst runter. Und das ist im Dunkeln noch gefährlicher.«

»Ich gehe nicht runter!«, quiekt Mone.

»Du musst aber!«, rufen wir.

»Nein!« Sie schlägt hysterisch mit den Armen um sich. »Geht ihr doch allein. Haut doch alle ab! Ich bleibe hier. Ich bleibe hier für immer und ewig. Mich vermisst sowieso keiner. Kein großer Verlust. Lasst mich, haut ab!«

»Mone, das ist völliger Blödsinn. Du kannst nicht hierbleiben. Du erfrierst, du . . .«, stammele ich.

»Ja und, dann erfriere ich eben.«

Ich sehe, wie die Jungs verzweifelte Blicke tauschen, zusammenrücken, flüstern, sich beraten. Wenn wir jetzt einen Hubschrauber holen, können wir das Spiel mit dem Extremsport vergessen. Dabei haben wir noch gar nicht richtig angefangen. Die schönen Hochglanzbilder aus Ollis Buch blinken in meinem Kopf auf. Blauer Himmel. Bunte Kleidung. Klasse Körper. Glattes Lächeln. Modernes Board. Aufschäumendes Wasser. Wirbelnder Schnee.

Wir hatten noch gar keine Gelegenheit, an unsere Grenzen zu kommen, uns zu finden, glücklich zu sein. Vielleicht werden wir sie auch nie haben. Wir haben kein

Geld, um nach Hawaii oder zum Himalaja zu fliegen. Dort ist das Abenteuer zu Hause. Wir können nur zugucken und träumen. Unser wirkliches Leben ist tot, langweilig und in Plastikfolie eingeschweißt wie der Lachs im Supermarkt. Und doch ist das Leben jetzt gerade endlich einmal echt, hier auf dem Dach ist unser Himalaja. Dies ist das Dach unserer Welt. Ich werde hier keinen Salzgeschmack von Riesenwellen auf der Zunge haben, keinen Eiswind in den Haaren spüren. Aber irgendwas Echtes vom Leben werde ich hier in die Finger kriegen. Das weiß ich und deshalb will ich weitermachen. Ich muss Mone rumkriegen.

»Mone«, beschwöre ich sie. »Du bist hier raufgekommen, also kommst du auch wieder runter. Wir machen es ganz langsam. Du zählst dabei die Stufen. Du musst nur an etwas anderes denken, das hab ich vorhin auch gemacht.«

Sie schnieft und putzt sich die Nase.

»Unten lade ich dich zu irgendwas ein. Ein Eis oder so. Wär das was?«

»Ein Eis«, flüstert Mone so zaghaft, als sei sie eine Verhungernde in der Wüste, die genau weiß, dass sie nie wieder auch nur ein Krümelchen Brot zu sich nehmen wird.

»Ein Eis«, wiederhole ich fest. »Während du absteigst, zählst du mir laut alle Sorten auf, die du kennst, für jede Stufe eine.«

Die anderen sehen mich an, als ob ich eine Schraube locker hätte, aus Metans Mund glaube ich das Wort »Hubschrauber« zu hören, aber Mone nickt plötzlich und krab-

belt wie hypnotisiert auf die Leiter zu. Umständlich legt sie sich auf den Bauch, und als sie die Füße auf die oberste Sprosse setzt, ruft sie: »Vanille, ich will Vanille!«
Die anderen eilen hin, um zu helfen und zu gucken, nur ich bleibe sitzen, lasse den Blick über die erwachenden Lichter der Stadt gleiten und lausche auf ihre Stimme. Jetzt geht sie hinunter und ich habe sie dazu gebracht, ich habe ihr geholfen, sie gerettet. Ich fühle mich ein bisschen high, hier allein auf dem Dach. Wenn ich meine Augen anstrenge, kann ich oben im Himmel auch schon ein paar Sterne funkeln sehen. Ganz schwach noch. Man müsste Sommernächte hier oben verbringen, im Schlafsack auf dem Dach liegen und sich vorstellen, unten wäre das Meer, wir auf einem hohen Felsen mitten im Wasser, die Dreckkrümel werden zu weißem Sand und das Rauschen der Umgehungsautobahn zur Ozeanbrandung.
Man müsste sich nicht immer nur alles vorstellen, man müsste es irgendwann auch einmal machen.

Kapitel 4

»Was machen wir heute?«, fragt Olli vor der Schule und reibt sich die Hände.

»Aufs Dach geh ich nicht wieder«, erklärt Mone.
»Wieso? Du bist doch heile heruntergekommen.«
»Ja.« Sie wird verlegen, wirft mir einen Hilfe suchenden Blick zu.
»Was Neues wäre besser«, sage ich deshalb freundlich und sie dankt es mir mit einem eifrigen Nicken.
»Was Neues wollt ihr also«, nimmt Hendrik den Faden auf und macht ein nachdenkliches Gesicht. »Mir wird schon was einfallen.«
Ich will etwas sagen, Hendrik spielt sich neuerdings als Boss auf, das darf man eigentlich nicht einreißen lassen, aber morgens bin ich noch zu müde, um zu protestieren. Außerdem gibt es erst einen anderen Adrenalinstoß zu überstehen, wir bekommen nämlich heute die Mathearbeiten zurück. Die anderen tun zwar so, als würde sie das überhaupt nicht tangieren, aber ich weiß, dass Mone aus lauter Angst vor der meistens schlechten Zensur erst nach Tagen in ihr Heft guckt und Hendrik nicht noch mal hängen bleiben darf, er hat schließlich schon eine Ehrenrunde gedreht.
Gerade seh ich den Giftzwerg mit dem Heftstapel kommen und spüre sofort, dass ich heute besser auch nicht reingucken sollte.
Mone nimmt ihr Heft und steckt es sofort in ihre Tasche, dann grinst sie mich an, als ob nichts wäre, und fragt leise: »Sollen wir heute Abend mal wieder ins Kino?«
Ich werfe einen kurzen Blick in mein Heft und klappe es

gleich wieder zu. Ich will später mal Actionfilme und Horrormovies drehen, dafür muss ich keine Parabeln berechnen können.
Wie sieht's denn bei meinen Freunden aus?
Olli wird wie ich Fullhouse geholt haben, er hat mal wieder seine hektischen Flecken am Hals. Hendriks Gesicht ist ausdruckslos, 'ne knappe Vier, schätze ich, Hendrik ist eigentlich nicht dumm. Metan allerdings strahlt wie 'n Atomcontainer.
»Kss!«, flüstere ich und zeige mit neugierigem Blick auf sein Heft.
»Eins«, antwortet er stolz und grinst übers ganze Gesicht.
»Was?« Ich kippe fast vom Stuhl.
Er nickt noch mal und jetzt gucken auch die anderen hin.
»Gute Leistung, Metan«, lobt ihn der Gifti und ich traue meinen Ohren nicht, als er hinzufügt: »Siehst du, es geht doch. Du kannst nämlich, wenn du willst. Das gilt allerdings auch für andere von euch. Auch für die Damen hier vorne.« Ein Blick zu Mone und mir. »Ich glaube, wenn ihr in eurer Freizeit mal ein bisschen weniger Unsinn machen würdet, kämt ihr auch auf einen grünen Zweig.«
»Ich klettere nicht auf Bäume«, kauzt Mone und Hendrik quäkt von hinten: »Nee, nur auf Dächer!«
Der Gifti versteht natürlich den Scherz nicht und ärgert sich, dass wir ihm das Wort im Mund umdrehen. Jetzt will er mal was Nettes sagen und es kommt wieder nur Mist he-

raus, denke ich und seufze auch ein bisschen. Nicht dass mir gerade der Giftzwerg leidtut, Blödsinn, wenn mir irgendjemand leidtut, dann ich mir selbst. Da grübele ich manchmal stundenlang über das Leben nach, und statt schlau zu werden, schreibe ich in der Schule eine Fünf nach der anderen.

Hendrik ist auch eifersüchtig auf Metans Erfolg: »Bist du jetzt zum Streber geworden?«, fragt er ihn in der Pause.

»Na und. Gönn mir doch auch mal was.«

»Ich gönn's dir ja.«

Mone stimmt ein:

»Hey, Metan, jetzt wissen wir ja, von wem wir das nächste Mal abschreiben können!«

»Wieso? Ich lasse dich doch sowieso immer abschreiben.«

»Dann ist ja gut. Nur nicht, dass du jetzt eingebildet wirst und deine Freunde nicht mehr kennst.«

Und Olli erst: »Machst du jetzt hier einen auf Überflieger?«

»Au Mann, ich hatte ein einziges Mal Glück, und?«

»Zu viel Glück ist gar nicht gut. Wer hoch hinauswill, kann auch tief fallen. Kennst du das nicht?«

Da: Ein Krachen!

»Yeah, wir sind drin! Jetzt stürmen wir!«

»Die Jungs flippen aus!«, kichert Mone und löst sich von mir. »Los, hin!«

Wir verlassen unseren Platz auf den Rohren. Die Jungs haben es gerade geschafft und die Tür zur Halle aufgebrochen, na, wahrscheinlich war sie sowieso nicht richtig verschlossen, nur etwas verzogen und angerostet, und jetzt tun sie so, als wären sie die Superstarken.

Die Halle wirkt von innen noch größer als von außen. Vielleicht liegt das daran, dass sie völlig leer ist, eine Enttäuschung eigentlich. Insgeheim dachten wir ja alle, da sei was Interessantes drin, und jetzt: gähnende Leere.

Gerade mal so ein Krangestell an der Hallendecke, von dem ein Haken runterhängt, zum Sachenraufziehen wahrscheinlich.

»Hier können wir bei Regen inlineskaten!«, begeistert sich Metan. So 'n Kommentar ist typisch für ihn, dass er sich überhaupt noch ohne Räder an den Füßen fortbewegen kann, ist ein Wunder.

»Wir können uns auch hier immer treffen«, schlägt Sven vor, aber Hendrik wehrt ab.

»Voll ungemütlich hier. Höchstens zum Skaten, da hat Metan mal ausnahmsweise recht.«

Eigentlich hat Metan ziemlich oft recht, denke ich, sage aber nichts.

Trotz der Fensterfronten an der oberen Wand wirkt die Halle düster, dazu unheimlich groß, viel zu groß für eine Gruppe von sechs Menschen. Wir müssen rufen, um einander zu verstehen, und unsere Stimmen hallen seltsam hohl von den Wänden wider. Auf dem betonierten

Boden liegen verstreut Glasscherben und Steine, natürlich, die haben wir reingeworfen, und trotzdem wirken sie feindselig, bedrohlich, ich weiß auch nicht, mir gefällt es hier nicht.

»Es ist unheimlich hier«, flüstert Mone und hakt sich bei mir ein. Ich nicke. Zusammen gehen wir durch die Halle, schweigen.

»Wenn uns hier einer entdeckt . . . «, flüstert Mone wieder.

»Wer soll uns denn entdecken?«, frage ich. »Es ist doch nicht verboten, hier rumzulaufen.«

»Nein, aber weißt du, wer sich hier rumtreibt? Vielleicht Perverse, was weiß denn ich? Ich meine, das Gelände hier ist zwar etwas abgelegen, aber gerade deshalb. Ich find's nicht so gut, dass wir jetzt immer hier sind.«

»Warum hast du das nicht gesagt?«

»Na ja, ich sag doch so was nicht. Hinterher denken alle: Die Mone, die ist genau wie ihre Mutter, 'ne hysterische Zicke.«

Auf einmal ein Gekrächze und Geflattere, ich zucke zusammen, ein paar Krähen erheben sich von einem der Eisenbalken in der Mitte, fliegen lärmend auf die Fenster zu.

»Das sind nur Vögel«, seufzt Mone erleichtert. Sie hat meine Hand ergriffen.

Ich drücke ihre Hand, versuche ein Lächeln.

»Ich bin wirklich eine Memme, was?«

»Ach Quatsch, ich hab mich auch erschreckt.«

»Ja, aber du warst gestern so ruhig, während ich . . . Ich weiß auch nicht, warum ich so durchgedreht bin.«
»Ist doch nicht schlimm. Kann doch jedem passieren.«
»Nein, aber ich . . .« Sie bekommt feuchte Augen, fährt sich mit den Händen durchs Gesicht.
»Das war überhaupt nicht schlimm«, wiederhole ich und will auf sie einreden, aber da höre ich Metans Stimme: »Hey, Olli, spielst du Tarzan?«
Olli hält sich am Kranhaken fest, schwingt hin und her und versucht den Urwaldschrei.
»Kleinkind!«, sagt Mone und lächelt mich an. »Es geht schon wieder. Danke, Vivi.«
»Boah, was hast du für 'ne hohe Stimme, voll die Schwuchtelstimme, lass mich mal!«, ärgert Hendrik Olli und schubst ihn weg.
»Willst du mich anmachen, oder was? Ich hab 'ne ganz normale Stimme!«, schnauzt Olli los.
»Ich hab 'ne ganz normale Stimme«, äfft ihn Hendrik mit hohen Piepstönen nach und schaukelt nun selbst.
»Guck mal, die beiden Idioten.« Mone rückt näher, flüstert mir ins Ohr: »Ich weiß auch nicht, warum Jungs immer so albern sein müssen.«
Wir beobachten Olli und Hendrik, die sich gegenseitig durch die Halle jagen, beschimpfen und lachen und sich um den Kranhaken rangeln.
»Wenn der jetzt noch funktionieren würde, könnten wir die beiden einfach unter die Decke ziehen und sich

da oben austoben lassen«, sage ich und Mone stößt mich an:
»Du, vielleicht funktioniert der noch. Ich glaube, da vorne ist die Steuerung!«
Sie zeigt auf ein paar Stahlseile an der Decke und eine Strippe in der Nähe der Hallenwand. Ein paar schnelle Schritte und wir haben sie erreicht. Es ist tatsächlich die Steuerung, super.
»Mach mal, Vivi, drück mal, das muss der Aufwärtsknopf sein . . . genau, warte, jetzt, jetzt hängen sie beide dran. Ja, es funktioniert noch, klasse!«
Wir jubeln und schütteln uns vor Lachen, als Hendrik und Olli plötzlich das Gleichgewicht verlieren, sich fast auf die Nase legen und verdattert zugucken, wie der Kranhaken ohne sie zur Decke schwebt.
»Toll, ich hätte nicht gedacht, dass das noch geht.« Hendrik kommt angelaufen. »Probier mal, geht's auch runter? Ja! Perfekt! Los, wer lässt sich mal raufziehen?!«
»Immer der, der so doof fragt«, antworte ich und grinse.
»Na gut. Ich fang an.« Hendrik rennt wieder rüber, packt den Kranhaken. »Aber wenn ich Stopp rufe, heißt das auch Stopp!«
Ich nicke. Was denkt er denn von mir, glaubt er, ich würde ihn da oben verhungern lassen?
»Lass mich mal«, mischt sich Olli ein und will mich wegdrängen.
»Nee, erst ich.«

»Nee, bebebe«, äfft er mich nach und trollt sich.
Ich starte und Hendrik lässt sich tatsächlich nach oben ziehen, seine Füße heben ab, ein paar Zentimeter, zwanzig, dreißig, dann mehr.
»Reicht dir das?«, rufe ich.
»Mach noch 'n Stück, das ist wie Fliegen!«
Ich lache und lasse ihn in zwei Meter Höhe in der Luft hängen. Witzig sieht das aus, er baumelt da oben, schwingt mit den Beinen, lacht.
»Reicht. Runter!«
Vorsichtig versucht er, mit den Füßen wieder Halt auf dem Boden zu finden, strauchelt ein bisschen, steht dann aber und strahlt.
»Das ist toll. Wer jetzt?«
»Ich«, antwortet Metan und Olli fragt: »Willst du Hendriks Rekord brechen?«
»Nein! Nur einfach so.«
»Und ab!«, rufe ich und hieve Metan in die Lüfte.
»Der will dich toppen!«, sagt Olli zu Hendrik, als Metan etwa dessen Höhe erreicht und noch nicht Stopp gerufen hat.
»Der hat eben was in den Armen«, meint Mone.
»Metan ist der Beste«, plappert Sven, und da mir die Höhe, in der Metan mittlerweile herumschwirrt, selbst etwas mulmig wird, verkünde ich eigenmächtig: »Schluss jetzt. Ich lasse dich runter.«
Doch plötzlich ist Olli an meiner Seite, drängt mich von

der Steuerung weg und schreit: »Wenn er noch nicht Stopp gesagt hat, kommt er auch nicht runter!«
»Stopp!«, schreit Metan. »Stopp! Stoooooopp!«
»Ich höre nichts. Hörst du was?«, wendet sich Olli an Hendrik.
»Nö.«
Sven kichert, Mone packt einen Lutscher aus und steckt ihn sich in den Mund. »Der will immer besser sein als die anderen«, mümmelt sie dabei und streckt mir, als sie meinen erschrockenen Blick bemerkt, den Lolli zum Probieren hin. »Magst du?«
»Lasst ihn runter«, sage ich.
Metan schreit jetzt alles Mögliche. »Hilfe!« – »Stopp, hab ich gesagt!« – »Ich kann mich nicht mehr halten!«, und so weiter.
»Das könnt ihr doch nicht machen!«, beschwere ich mich. »Wir haben gesagt, dass Stopp wirklich Stopp heißt.«
»Er hat doch noch gar nicht Stopp gesagt«, höhnt Olli und die anderen lachen.
»Seid ihr taub?«, kreische ich und versuche, Olli von der Steuerung wegzuzerren. Sie können ihn doch nicht bis unter die Hallendecke fahren! Mein Gott, das sind zehn Meter oder so! Wie soll er sich denn halten können? »Ihr bringt ihn um!«, brülle ich außer mir und auch Mone ist auf einmal blass geworden, sieht Metan in schwindelnder Höhe, flüstert: »Mensch, Leute, hört auf!«
»Ist ja gut«, sagt Olli, drückt auf »Stopp« und versucht, mit

»Ab« Metan wieder nach unten zu fahren. »Die Show ist beendet. Wir lassen dich runter!«, ruft er und drückt wieder auf den »Ab«-Knopf.

»Dann mach auch«, drängt Hendrik.

»Mach ich doch!«, schreit Olli.

»Was? Der bewegt sich doch gar nicht!«

Olli wird bleich, drückt heftiger auf den Knopf. »Verdammt, es geht nicht!«

»Es geht nicht?«, schreien wir anderen gleichzeitig und blicken erschrocken zu Metan. Hilflos hängt er in fünf, sechs Metern Höhe, sein Gesicht ist rot, angst- und schmerzverzerrt.

»Macht doch endlich!«

»Es geht nicht!«, ruft Sven. »Es funktioniert nicht mehr!«

»Er klemmt, er klemmt hier irgendwo!«

»Mach doch schneller.«

»Ich kann nicht mehr!«

»Beeilt euch, beeilt euch!«

»Der hält sich nicht mehr lange, der kann nicht mehr!«

»Verdammt, es geht nicht!« Olli kämpft mit den Tränen, gibt Hendrik die Steuerung.

»Wartet, ganz ruhig.« Hendrik versucht, sich zu konzentrieren, sein Atem geht stoßweise. »Wir müssen nachdenken. Und zwar schnell.«

»Wenn wir jemanden holen . . .« Das ist Sven.

»Das dauert zu lange.«

»Ein Sprungtuch oder so . . . hier gibt's nichts, oder?«

Ein Blick herum. Die düstere Halle, so groß, so leer. Atemzüge, Schweißgeruch. Draußen die Vögel. Der Wind. Den habe ich die ganze Zeit nicht gehört, aber jetzt. Der Wind winselt und heult.

»Wenn wir erst versuchen, ihn noch etwas heraufzufahren, vielleicht löst es sich dann, wie bei einem Reißverschluss, erst weiter auf, dann zu . . .«

»Nein, bloß nicht. Nicht noch höher. Das Risiko ist viel zu groß!«

»Bitte!«, fleht Metan.

»Hätten wir nur nicht . . . «, fängt Mone an, aber Hendrik fährt ihr über den Mund.

»Schnauze! Wir machen das jetzt so.«

Er drückt wieder auf »Auf«. Wir halten den Atem an. Metan kapiert, worum es geht, und fängt an zu zappeln und zu brüllen. Er wird runterfliegen. Ich schreie.

»Jetzt!« Hendrik drückt mit Wucht auf »Ab«, der Kranhaken ruckt und, und, und . . .

»Beweg dich!«, flüstert Hendrik.

»Komm!«, beschwört Mone.

»Runter!«, bitte ich.

»Ja!« Mone stößt einen Schrei der Erleichterung aus, wir atmen auf. Er bewegt sich abwärts. Aber langsam. Unendlich langsam.

»Nein, spring noch nicht! Es ist noch zu hoch, warte!«

»Ich kann nicht mehr!«

Wir weichen zurück, Metan lässt sich auf den Boden fallen, dann Stille, nur draußen der Wind.

»Metan!«
Hendrik ist als Erster bei ihm, packt ihn an den Schultern. »Hey, Metan! Die Steuerung hat nicht funktioniert, das war keine Absicht, es tut uns leid.«
Metan stöhnt.
»Tut dir was weh?«
»Alles.«
»Zeig mal. Der Fuß. Du bist umgeknickt, oder?«
»Bestimmt ein Bänderriss. Der schwillt schon an.«
»Hat jemand Eisspray?«
Nichts haben wir.
»Pfützenwasser«, sage ich.
»Kühlt das?«
»Besser als nichts. Ja, los. Geh, hol mal.«
»Vivi! Hier, du kannst mein Halstuch haben.« Olli sieht fertig aus. Deine Schuld, Olli, denke ich, von vorne bis hinten deine Schuld, du bist doch nur neidisch gewesen, weil Metan intelligenter ist als du und besser aussieht obendrein.

Kapitel 5

»Bänderzerrung!«

Metan zeigt auf seinen Verband. »Und Schulterzerrungen auch noch. Der Arzt wollte mich eigentlich krankschreiben und zu Hause lassen, aber ich hatte keine Lust, mich vorm Fernseher zu langweilen.«

Er nimmt einen Zug von seiner Zigarette und lächelt mich an. Die anderen sind noch nicht da, wir sind die Ersten heute früh.

»Wenigstens muss ich bei eurem nächsten Coup nicht mitmachen.«

»Welcher nächste Coup?«, frage ich.

Metan drückt die Zigarette an der Schultür aus. »Olli hat mir gestern Abend davon erzählt. Er hat mich angerufen, sich entschuldigt. Na ja. Was will man machen. Wahrscheinlich hat er es wirklich nur aus Spaß gemacht und sich nichts dabei gedacht.«

»Was hat er dir erzählt?«, hake ich nach und trete unruhig von einem Bein aufs andere.

»Hendriks neue Idee. Er will heute Nachmittag mit seinen Inlineskates auf das Dach steigen. Extremskating, wer zu viel Schwung drauf hat, fährt 'ne Etage tiefer weiter.« Ich antworte nicht.

»Was hältst du davon?«

Mit Inlineskates auf das Dach. Fahren natürlich. Fahren auf dem Dach. In zehn oder zwölf Metern Höhe.

»Na, du sagst ja gar nichts. Aber ich sag dir was: Wie gut, dass ich Invalide bin.«

Ich muss ja nicht mitmachen, wenn ich nicht will. Ich

muss gar nichts. Andererseits: Was muss das für ein Gefühl sein, so oben unter den Wolken, wie fliegen vielleicht, wie ich in meinen Träumen fliege. Wer sich so etwas traut, hat mehr drauf als all die Leute, die in den Halfpipes heizen, die Rolltreppen zur U-Bahn runterfegen und in der City über die Bänke und Treppengeländer springen. Wer so was macht, ist Hawaii und dem Himalaja ein Stückchen näher. Wer so was macht, steht mitten im Leben. So ganz echt.

Ich grübele, Metan schweigt und starrt in die Gegend. Da kommen die anderen. Mone, Hendrik, Olli, Sven und noch drei Jungs aus meiner Klasse: Marcel, Bomber und Andreas.

»Hast du schon gehört, Vivi?« Mone stürzt auf mich zu, ist ganz aus dem Häuschen. »Ich mach da nicht mit. Da oben auf dem Dach! Da geh ich nicht wieder rauf! Machst du da mit? Sag mal!«

»Ich weiß noch nicht«, antworte ich, obwohl ich mir schon sicher bin, dass ich mitmachen werde. War das ein Gefühl, als ich noch oben auf dem Dach saß, während Mone beim Runterklettern die Eissorten in den Abendhimmel rief! Es war, als wäre ich innerlich davongeflogen.

»Ich weiß auch noch nicht«, sagt Sven laut und stellt sich zu mir. »Sollen die das allein machen, was, Vivi? Mone, Metan, du und ich, wir bleiben unten und gucken zu.«

»Unten bleibe ich nicht«, sage ich und Sven hält den Mund.

»Das wird die Attraktion, Leute. Wir werden die Ersten

sein, die das ausprobieren!« Hendrik packt meine Schulter und schüttelt mich, so begeistert ist er. »Du bist doch auch dabei, oder? Du musst, du kannst so gut fahren! Außerdem brauchen wir ein Mädchen. Wenn Mone Höhenangst hat, muss sie ja nicht. Obwohl du deine Angst überwinden kannst, Mone!«

»Hör auf zu labern, Hendrik, du redest wie ein Pastor.«

»Ach, Mone, sei nicht langweilig. Wir machen die Show, da kannst du doch nicht fehlen. Wir können sogar Eintritt nehmen. Jugendliche drei Euro, Erwachsene zwanzig. Erwachsene kommen eh keine. Der erste Roof-Skating-Worldcup. Hier bei uns. Auf unserem Dach. Das ist die Sensation!«

Hendriks Augen strahlen und auf einmal mag ich ihn richtig, sicher, er ist ein bisschen verkorkst wie wir alle, aber er kann sich so sehr für diese Sache begeistern, dass er die anderen richtig mitzieht. Jedenfalls mich. Der erste Roof-Skating-Worldcup wird nicht ohne mich stattfinden!

Ich ziehe die Handschuhe aus. Ollis Idee, sie beim Aufstieg überzuziehen, war gar nicht übel, jedenfalls tun mir die Hände kaum noch weh. Die anderen sind schon dabei, das Dach zu säubern und sich die Schuhe aus- und die Skates anzuziehen, eilig und bestimmt tun sie das, alle bis auf Sven, der schnürt seine Schuhe zu und schnürt sie wieder auf. Warum ist er dann erst mit raufgekommen? Ach ja, logisch, er kann ja nicht ohne Olli sein.

»Erst mal nur kleine Runden!«, kommandiert Hendrik. »Wartet, wir müssen erst ausmessen, wie weit man an den Rand kann.«

»Ich kann so schlecht bremsen«, klagt Sven. »Ich weiß nicht, ob ich das will.«

»Klar willst du«, bestärkt ihn Olli. »Du musst dir nur immer sagen, dass du das willst, oder«, er grinst mir zu, »an Eissorten denken.«

Ich grinse zurück und auch Sven versucht ein klägliches Lächeln, aber es rutscht ihm die Mundwinkel herunter.

Ich richte mich auf. Bewege zaghaft die Füße, der Boden ist okay, ein bisschen rubbelig, aber befahrbar. Wieder fällt mir auf, wie weit man von hier aus blicken kann: Unsere Siedlung, die Schnellstraße, die Tankstelle, die Schule liegen vor mir wie ein Spielzeugland. Ich habe das Gefühl, nur die Hand ausstrecken zu brauchen, um alles umbauen zu können, unser Haus abzureißen zum Beispiel. Das würde ich als Erstes machen, den ganzen Stadtteil verschwinden lassen.

Hier auf dem Gelände gibt es einen Platz, auf dem sich Penner eine Schlafstelle eingerichtet haben. Mone war erschrocken, dass unter einer einfachen Plastikplane ein Mensch schlafen und wohnen kann. Ich nicht. Wahrscheinlich hätte ich auch so was denken sollen wie »Wie gut wir's doch haben und wir brauchen uns gar nicht zu beschweren«, aber ich habe diesen Blödsinn sofort wieder verworfen. Ich hab mir meine Familie nicht ausgesucht, hab mir mein

Kompaktkinderzimmer in Kiefernholz nicht ausgesucht, nicht einmal den DVD-Player, den mein Vater mir zum Geburtstag geschenkt hat. Nicht dass ich mich nicht wohlfühlen würde. Aber es betrifft mich eben auch nicht. Ich glaub manchmal, es gibt nichts, das bei mir bis ans Herz reichen könnte. Mone hat mal so 'nen komischen Spruch über Liebesdinge losgelassen, von wegen, was den Frauen bis ans Herz reiche, reiche den Männern gerade mal bis zum Fußknöchel. Wenn das stimmt, bestehe ich entweder nur aus Fußknochen oder bin ein verkappter Mann. Ich meine, es ist mir einfach alles völlig egal. Mit Olli, das war schön und das war traurig, aber jetzt, ein paar Tage später? Phhh. Vorbei. Vergessen. Abgehakt und umgeschaltet. Von wegen, die erste Liebe dauert ein Leben lang. Das gibt's doch nur im Film. Wenn ich schon mal wieder ins Philosophieren komme: Ich glaube, wir Menschen sind die ganze Zeit Zuschauer von Filmen. Das Leben an sich, das hat doch gar nichts zu bieten. Keine Aufregung, keine Leidenschaft, keinen Thrill. Tote Hose von vorne bis hinten. Vom ersten bis zum letzten Atemzug: Langeweile.

Erst seit ein paar Tagen habe ich das Gefühl, dass sich was ändert. Das Gefühl, dass ich überhaupt Gefühl habe.

Da kommen auch Marcel, Andreas und Bomber aufs Dach gestiegen. Ich sollte mal langsam loslegen, sogar Sven ist schon drei Meter gefahren. Vorsichtig mache ich meine ersten Schwungschritte. Roof-Skating. Das ist die Disziplin, in der ich Profi werden will.

Es ist toll: die Musik, die Wolken, die Krähen und die Vorstellung, gleich mit ihnen abheben zu können, unendlich weit zu gleiten, segeln, schweben, bis zum Meer und noch weiter, bis zu den einsamen Inseln mit den Palmen drauf und dem ganz weißen Sand, in dem leuchtend rosa und perlmutt die Muscheln schimmern.

Aber jetzt besser bremsen, gut, schön stehen bleiben, denn da,

da,

da vorne,

nur zwei Schwungschritte entfernt, ist der Abgrund.

Zehn Meter Tiefe,

Leerraum,

Luftloch,

Lebensende,

unten nur ein paar schmutzige Pfützen zwischen den hohen Brennnesseln, ja, und irgendwo Metan und Mone, die auf den Rohren hocken und Däumchen drehen.

Im Nu habe ich Pudding in den Beinen. Wenn ich da runterfliege, ist von mir nur noch Brei übrig. Irre. So nah liegt das beieinander. Glücksgefühl und Gefahr.

»Na, was sagst du, hier sind wir die Ersten unterm Himmel.«

Olli hält neben mir, blickt träumerisch in die Ferne, stellt sich hinter mich, breitet die Arme aus. Gleich wird er wieder einen auf Liebe und Leonardo di Caprio machen. Ich habe aber jetzt keine Lust, meine ganzen Energien an Olli zu verschwenden.

»Die Ersten, die gleich im Himmel landen«, echoe ich deshalb und zeige sarkastisch nach oben.
»Findest du's nicht gut?«
»Doch«, gebe ich zu. »Aber saugefährlich.«
»No risk, no fun.« Er grinst sein Olli-Grinsen und ich lache.
So stehen wir einen Moment zusammen, schweigen und wenden uns schließlich immer noch lächelnd, wenn auch eher verlegen, den anderen zu. Die sind schon dabei, Wettkampfarten zu überlegen.

»Was man machen kann, ist doch ganz klar. Also, gut finde ich die Idee mit dem einfachen Wettrennen. Drei Runden werden gedreht, und zwar ganz außen, wir müssen da wirklich 'ne Bahn aufmalen. Am Start und Ziel steht einer mit 'ner Stoppuhr und misst die Zeit. Das ist professionell. Dann auf den Rand zuheizen und gucken, wer als Letzter abbremst. Ja, und das mit dem Rückwärtsfahren könnten wir auch nehmen.« Marcel und Hendrik nicken sich zu, mittlerweile ist es so, dass wir quasi zwei Mannschaften haben, Hendriks Clique, also uns mit Ausnahme von Metan und Mone, und Marcel und seine Freunde Andreas und Bomber. Die drei gehen wie gesagt in unsere Klasse, aber so besonders gut kenne ich sie trotzdem nicht, weil sie erst nach den Sommerferien zu uns gekommen sind. Nur Hendrik kennt sie gut, er ist ja schon vor zwei Jahren hängen geblieben, und jetzt sind ihm seine alten Freunde gefolgt.

»Was soll denn der Preis sein?«, fragt Olli.
»'ne Kiste Bier, haben wir doch gesagt«, gibt Marcel zur Antwort.
»Bier finde ich doof. Ich mag kein Bier«, beschwere ich mich.
»Ja toll«, höhnt Bomber. »Willst du vielleicht 'nen Kakao mit Strohhalm direkt von deiner Mama oder was?«
»Wieso?«, zische ich wütend. »Ich mag nun mal kein Bier.«
Andreas fragt: »Wer hat eigentlich gesagt, dass Mädchen mitmachen?«
»Warum sollten Mädchen nicht mitmachen?«, rufe ich aufgebracht. »Wer ist Bungee gesprungen? Du oder ich?«
»Nein, ich mein nur, wenn du kein Bier trinkst . . . außerdem müssen wir drei gegen drei fahren.«
»Dann besorgt euch gefälligst noch zwei Leute«, sage ich. »Ich jedenfalls mache mit.«
»Dann scheide ich aus, ja?« Sven ist froh, ein Schlupfloch gefunden zu haben.
Wir reden wild durcheinander, können uns über den Siegerpreis nicht einigen, irgendjemand schlägt vor, wir sollen nur um die Ehre fahren, und es ist Olli, der laut fragt: »Welche Ehre?« Dann wird beschlossen, dass wir zu dritt fahren, Hendrik, Olli und ich, und dass wir Eintrittsgelder nehmen, falls wir Zuschauer finden. Wir haben zwei Tage Zeit, um Bahnmarkierungen auf das Dach zu malen, Getränke zu besorgen, Leute einzuladen und zu trainieren, natürlich. Metan muss mit Andreas' Bruder Armin den

Schiedsrichterteil übernehmen. Und Sonntag ist es dann so weit. Sonntag ist ein guter Tag für Wettkämpfe. Da ist sonst nichts los. Da kommen bestimmt ein paar Fans zum Anfeuern. Und in der Zwischenzeit haben wir auch noch den ganzen Freitag und Samstag Zeit zu trainieren. Zwei Tage müssen reichen. Wir sind ja alle Skating-Cracks, da wird uns ein Dach nicht viel ausmachen. Also übermorgen. Ich bin jetzt schon aufgeregt.

Kapitel 6

»Nicht so nah an den Rand, Hendrik. Man muss es nicht übertreiben«, beschwere ich mich, aber er hat den Strich schon gezogen.

»Es muss sich auch lohnen, Vivi«, murmelt er. »Wir haben genau ausgemessen, wie weit man an den Rand kann.«
»Ausgemessen!«, schimpfe ich. »Du hast geguckt, wie weit du dich rantraust, und dann einfach dort die Außenlinie hingesprüht. Was heißt da ausgemessen?«
»Ja, willst du etwa 'nen Bremstest machen? Kannst du von uns aus gerne, stimmt's, Hendrik?«, mischt sich Olli ein. »Wir sagen dir dann schon Bescheid, wenn du unten liegst, ob wir deine Marke nehmen oder nicht.«
Hendrik grinst und sprüht seelenruhig weiter. Ich schnaufe.
»Hallo, Leute!« Marcel, Andreas und Bomber kommen dazu. »Seid ihr so weit, wir wollten mal ein bisschen trainieren.«
»Wir haben uns noch nicht geeinigt. In der Kurve kann die Bahn nicht so dicht am Rand entlangführen«, fange ich an.
»Wieso? Die Kurven sind doch kein Problem.« Marcel fährt auf eine Dachecke zu, ziemlich schnell tut er das, und dreht erst im letzten Moment ab, um herumzukommen. »Das ist der Hammer!«, ruft er herüber. »Besonders an den Längsseiten bringt's das richtig. Da kriegt man mehr Tempo!«
Ich kann gar nicht hingucken. Aber ich habe gesagt, dass ich dabei bin, ja. Und ich will nicht als einziges Mädchen gerade diejenige sein, die kneift. Auf keinen Fall.
Schließlich ist unsere Rennbahn fertig. Einmal rund um das Dach.

Eine aufgesprühte weiße Doppellinie, die wir nach innen nicht überschreiten dürfen, sonst gibt's Strafpunkte wegen unfairem Abkürzungsversuch, und die wir nach außen erst recht nicht überschreiten dürfen, sonst heißt's Good-bye, baby. Einen guten Meter haben wir zwar Freiraum zum Rand gelassen, aber erstens ist auf Inlineskates ein Meter so gut wie gar nichts und zweitens ist die Oberfläche des Daches an den Rändern nicht so ebenmäßig wie in der Mitte, sie hat Knubbel, Furchen, Wellen, über die man leicht stolpern kann.

Ich fahre ein paar Proberunden, während die Jungen weiter über die Regeln diskutieren. Ich muss so viel üben wie möglich, nur so habe ich eine Chance – nicht zu gewinnen, aber zumindest zu überleben.

Meine Arme wedeln hin und her und meine Rollen fegen übers Teerdach, ich kenne es schon ganz gut. Hier kommt die lange Gerade bis zur Feuerleiter, das wird die Zielgerade, man kann richtig loslegen und Tempo geben, aber Vorsicht, da vorn, etwa in der Höhe, wo das kleine Pflänzchen sich am Dachrand angesiedelt hat, da ist ein dicker Knubbel, über den man sprungschanzenmäßig rüberhechten kann. Wenn man ihn rechtzeitig sieht, natürlich nur. Ich springe, fliege über den Dachknubbel hinweg, strecke die Arme aus, stoße übermütig einen Schrei aus.

»Wir müssen Fotos machen und an die Zeitungen schicken«, ruft Hendrik begeistert. »Wir lassen ein Patent anmelden, wir entwerfen extra Sportkleidung, wir fertigen extra Roof-Skates an, wir werden reich, wir werden berühmt, wir . . .«

Ich lache, ja, ich hätte gern ein Poster von mir, auf dem ich wie ein Snowboarder oder Surfer in bunter Kleidung durch den blauen Himmel fliege. Nur dass bei mir kein weiches Wasser oder Schnee unten drunter zu sehen sein dürfte, sondern Asphalt. Und vielleicht dürfte die bunte Kleidung auch aus ganz normalen Klamotten bestehen, Olli dürfte drauf sein mit seiner Neurodermitis und Hendrik mit seiner zerschundenen Lippe, wir dürften so sein, wie wir sind.

Ich habe das Ziel erreicht, will bremsen, aber irgendwas stimmt nicht.

»Vivi! Pass auf!«

Hendrik. Was schreit der so? Oh Mist, da ist uns ja vorhin die Colaflasche zu Bruch gegangen, besser ausweichen, aber es geht nicht, meine Rollen haben sich schon in dem schlitterigen Gemisch aus Glasscherben und Limonade verfangen. Ich verliere die Kontrolle, kann unmöglich so noch um die Kurve kommen, und verdammt, ich hab eine tierische Geschwindigkeit drauf durch den Sprung über den Hubbel, Hilfe, da ist schon der Rand, ich muss mich langlegen, hinwerfen nach hinten, sonst . . .

»Vivi!«, schreien sie jetzt alle. »Vivi, halt an!«

. . . mitten in die Glasscherben.

»Warum hast du nicht gebremst? Bist du wahnsinnig?!«

Marcel ist neben mir, zieht mich hoch, zieht mich mit Olli

vom Rand weg, oh Gott, da ist ja schon der Rand, ich bin ja schon weit über die Linie, ich, oh, mir wird schlecht.
»Mensch, Vivi, das war Spaß, das war doch nicht ernst gemeint, dass du austesten sollst, wann man spätestens bremsen kann, das . . .«
»Schon gut, Hendrik«, flüstere ich. »Ich konnte nicht, ich war . . . Oh, ich glaub, ich muss mich übergeben.«
Ich schleiche mich weg, krabbele auf allen vieren zum Dachrand und überlege einen Moment, ob ich mich wirklich übergeben muss. Einerseits ist mir völlig mau, andererseits könnte ich schrill loslachen. Ich atme tief ein, da sehe ich unten Mone und Metan sitzen. Sie haben die Hände an die Augen gelegt und blicken gegen das Sonnenlicht zu mir herauf.
»Vivi! Willst du auch 'ne Pizza?«
Ich nicke automatisch, schüttele dann heftig den Kopf, hebe die Hand, winke, »Moment, ich frage die anderen«, soll das heißen.
»Wollt ihr auch 'ne Pizza?«, frage ich mit schwacher Stimme die Jungen, die alle fünf an der Feuerleiter, dem Start und Zielpunkt, stehen und besorgt zu mir herüberblicken.
»Was? Ich denke, dir ist schlecht?«, ruft Andreas.
»Guck dir die an, Marcel, die ist ja voll cool«, kommentiert Bomber.
»Entweder du bist völlig durchgeknallt oder . . .«, fängt Marcel an und Hendrik vervollständigt den Satz: ». . . nein, die ist so hart im Nehmen. Unsere Powerfrau.« Er grinst

die anderen an. Ich zucke mit den Schultern. Soll er denken, was er will.
Nur Olli sagt nichts. Vielleicht hat's ihm die Sprache verschlagen. Er will nicht mal was zu essen.

Nach dem Picknick lassen wir die Pappschachteln durch die Luft fliegen und verabschieden uns. Zuerst haben die Jungen noch diskutiert, ob ich überhaupt am Rennen teilnehmen soll, wenn ich jetzt schon solche gefährlichen Sachen mache. Da bin ich aber aufgebraust! Natürlich werde ich mitmachen!
Zum ersten Mal habe ich das Gefühl, etwas wirklich zu erleben, all das passiert *mir,* das ist kein Film und kein Computerspiel, das ist wirklich echt.
Daher genieße ich den kalten Schauer, der mir über den Rücken läuft, als Hendrik sagt: »Also. Übermorgen um zwölf?« Er spricht es so aus, als wäre er ein Westerncowboy und das große Duell stünde kurz bevor.
»Natürlich«, antwortet Marcel und Andreas und Bomber nicken. »Ich habe schon ein paar Leuten Bescheid gesagt. Die wollen gucken kommen. Die wollen was sehen. Was geboten kriegen. Aber die kommen nicht für lau. Nicht für Kinderkram. Also, strengt euch an und kneift bloß nicht.«
Er lacht plötzlich laut und sieht mich an. »Na, wenn ihr die Frau hier dabeihabt, brauche ich ja nicht zu befürchten, dass sie sich langweilen.«
Idiot, er macht sich lächerlich über mich, das kann ich

nicht haben! Ich will etwas entgegnen, aber da klopft er mir auf die Schulter und die anderen grinsen großmäulig und ziehen ab. Ich halte den Mund und sehe ihnen nach, drei Jungs, die ich kaum kenne, die erst seit ein paar Wochen in meine Klasse gehen, die ein oder zwei Jahre älter sind, die dauernd Ärger mit den Lehrern haben, die schon unter Verdacht standen, in die Schule eingestiegen zu sein und irgendwelche Computerteile gezockt zu haben, die es vielleicht nur darauf anlegen, dass eine wie ich sich den Hals bricht. Warum habe ich mich nur darauf eingelassen?
Ich habe es eben. Besser kann ich es nicht erklären.

Am Abend ins Kino. Wir müssen uns ablenken.
Ich sitze zwischen Olli und Metan. Metan muss sein Popcorn mit mir teilen, Olli die Cola.
Erst will Olli mich nicht trinken lassen: »Nee, du kriegst nichts, dann ist nachher noch mehr drin als vorher!«, aber als Metan mir anbietet: »Ich geh noch mal raus, soll ich dir was mitbringen?«, drückt Olli mir plötzlich freiwillig seinen Becher in die Hand.
Der Film ist mäßig: Ein Serienkiller, der am liebsten im Leichenschauhaus mordet, muss von dem Excop zur Strecke gebracht werden. Das würde an sich klappen, wenn da nicht diese schlanke blonde Frau immer nachts durch das Leichenschauhaus schlendern und dem Serienpsycho in die Arme laufen würde.

»Was rennt die da auch nachts immer rum?«, flüstert Metan mir zu. »Das ist doch völlig unlogisch.«
»Vielleicht ist sie Modedesignerin und sucht das neue Totenkleid-Modell.«
Wir kichern und Olli stößt mich kräftig in die Seite.
»Schnauze! Es wird spannend.«
»Der Psycho muss gleich auf den Laufsteg«, prustet Metan und Olli brummt etwas.
»Hast du keinen Sinn für Humor?«, frage ich ihn. »Als wir das letzte Mal zusammen im Kino waren, hat dich der Film doch auch nicht interessiert.«
Ich werfe ihm einen Blick zu, er wird rot, dreht sich zur Seite, schweigt in sich hinein. Das letzte Mal waren wir beide allein im Kino. Eine Liebeskomödie, doch Olli wollte nicht über die Dusseligkeit des Pärchens lachen, sondern nur wissen, wo der Verschluss von meinem BH ist.
Metan schweigt auch, klar, er weiß ja von der Sache, von unserer Beziehung, meine ich, nicht vom BH-Verschluss, den Olli übrigens nicht gefunden hat, weil er vor lauter Aufregung seine Limonade umgekippt und volles Rohr über seine Jeans gegossen hat. Den Rest des Films hat er in der Toilette zugebracht, wahrscheinlich hat er versucht, wie ein Komiker seine Jeans am Händetrockner zu föhnen, keine Ahnung.
Ich fand den Abend insgesamt zwar nicht romantisch, aber lustig.

Am nächsten Morgen, dem Samstag, frühstücke ich gerade, als es klingelt und Olli vor der Tür steht.
»Was willst du denn mitten in der Nacht?«, frage ich erstaunt.
»Mitten in der Nacht! Es ist elf, Vivi. Wir wollen üben. Hendrik ist schon da, der fährt seit 'ner Stunde.«
»Aber es regnet doch.«
»Ja und. Das bisschen. Danach ist man für alles gerüstet. Ist doch gut.«
Ich blicke an mir herunter, ich bin noch im Schlafanzug, habe noch nicht mal Socken an.
»Mach voran, Vivi.«
»Ja, warte.« Ich will die Tür zumachen, kann ihn aber auch nicht einfach im Regen stehen lassen und sage: »Komm solange rein. Ja, komm, meine Eltern sind nicht da, die sind im Einkaufscenter.«
»Muss deine Mutter auch samstags arbeiten?«, fragt er und bleibt im Flur auf der Fußmatte stehen, während ich hastig den letzten Bissen vom Toastbrot verschlinge.
»Nein, aber am Wochenende ist doch mein Vater da. Da gehen sie einkaufen.«
Olli nickt und ich verziehe mich in mein Zimmer, um mich umzuziehen. Komisch, dass Olli allein da ist, denke ich. Allein kommt er sonst nie. Das heißt, er kam nicht, bevor wir ein Paar waren, und er kommt nicht mehr, seitdem wir keines mehr sind. Ich schlüpfe in meine Jeans und glaube, ihn vor mir zu sehen, wie er vor unserer Wohnungstür steht, sich unbehaglich bis neugierig um-

sieht, die Finger vor dem Bauch ineinander verschränkt. Ich wette mit mir selbst, dass Olli genau so dasteht, genau so, wie ich es mir vorstelle. Also reiße ich die Tür auf und tatsächlich, da steht er wie bestellt und nicht abgeholt.

»Was wolltest du mir sagen?«, fange ich frech an, als ich die Schuhe zubinde.

»Wie, was wollte ich sagen?«

»Ja, du wolltest doch was sagen, sonst würdest du nicht so blöd da rumstehen.«

Olli wird rot, verschränkt die Finger noch mehr, atmet tief.

Ich will nichts mehr von ihm, sage ich mir. Er soll bloß nicht wieder ankommen wollen. Er macht schon das gleiche Gesicht wie gestern auf dem Dach. Ich habe andere Träume, Ziele. Jungs sind mir im Moment völlig schnuppe.

Wenn ich jetzt Gefühle zulasse, kann ich mich morgen nicht richtig konzentrieren und mache einen Fehler. Nein, ich will nicht. Auch wenn es mich ehren und freuen würde, aber ich …

»Musst du da mitfahren?«

»Was?«, rufe ich.

Er wird rot, stottert: »Ich … ich meine ja nur. Gestern. Das sah total böse aus. Ich … du … du hast es doch leicht, du kannst doch sagen, du fährst nicht gegen lauter Jungs, das versteht jeder.«

»Ich glaube, Olli, du hast ein Problem mit dir selbst«, entgegne ich knapp. Das saß.

Sein Gesicht wird noch röter, er presst ein »vielleicht« hervor und öffnet hastig die Tür, um sich davonzumachen.

»Olli!«, rufe ich entrüstet.

Keine Reaktion.

»Warte!«

Er bleibt stehen, dreht sich aber nicht mehr zu mir um und schweigt den ganzen Weg zum Industriegelände.

In meinem Kopf rattert es, ich weiß nicht, was ich denken, geschweige denn sagen soll, wie kommt Olli jetzt darauf, mich vom Roof-Skating abbringen zu wollen, wenn er Angst hat, ist das doch sein Problem, nicht meines, will er wieder anbändeln, dann ist das aber ganz die falsche Tour, nein, ich will da gar nicht drüber nachdenken.

Ich hole die Handschuhe aus meiner Jackentasche und greife nach der ersten Leiterstufe. Olli steht neben den Kisten, zündet sich eine Zigarette an.

»Kommst du nicht mit rauf?«, frage ich.

»Doo-och, glei-eich«, zischt er gedehnt.

»Dann bis gleich«, echoe ich.

Ich klettere hinauf und treffe Hendrik, der gerade ein paar Rückwärtsmanöver übt.

»Morgen, Vivi!«, grüßt er fröhlich und lässt sich auf mich zurollen. Hendrik hat sich in den letzten Wochen irgendwie verändert. Seine Lippe ist etwas verheilt, das Harte,

Verschlossene aus seinem Gesicht ist weg, er wirkt locker und selbstsicher, fast attraktiv.

»Ich habe gerade mal deinen Sprung über den Hubbel da nachgemacht. Ist ein tolles Gefühl, aber man muss wirklich aufpassen, dass man nach dem Schwung noch rechtzeitig bremsen kann!«

»Ja. Besonders wenn Scherben rumliegen.«

»Die hab ich schon weggefegt. Olli und ich haben das Dach heute Morgen startklar gemacht. Die Zuschauer wollen wir in die Mitte setzen. Dahin, wo du jetzt stehst, also an der Feuerleiter, machen wir die Kasse hin.«

»Kasse?«, frage ich.

»Ja, wir wollen doch ein bisschen was verdienen . . . Oder warte, wir machen die nach unten. Wer nicht zahlt, darf gar nicht erst rauf. Mone bleibt ja sowieso unten. Die mit ihrer Höhenangst stört hier nur. Also, die Kasse unten. Dann kommt dahin, an die Feuerleiter, der Tisch mit den Getränken, Schiedsrichtersitzplatz und so weiter. Wir müssen das alles morgen früh noch hochbringen.«

»Wie willst du denn 'nen Tisch raufschleppen?«, fragt Olli, der nachgekommen ist, und tippt sich an die Stirn.

»Ja, 'nen Klapptisch.«

Olli hört nicht auf, ihm den Vogel zu zeigen.

»Ja, dann eben was anderes. Wenigstens aber 'ne Decke. Dass wir kein richtiges Stadion bauen können, ist ja klar, aber etwas professionell soll's schon aussehen!«

»Na gut«, lenkt Olli ein. »Eine Decke ist in Ordnung. Darein können wir dann nachher wenigstens die Verletzten wickeln.«

Hendrik verzieht das Gesicht und schnauzt plötzlich Olli an: »Was ist eigentlich heute mit dir los? Willst du Stunk machen?«

»Nein! Ich hab nur mal nachgedacht, das ist alles. Wenn was schiefgeht, wie das mit Metan oder Mone . . .« Er stockt. »Und dann gestern Vivi! Ach Scheiße.«

Hendriks Gesicht versteift sich. »Also willst du nicht mitmachen?«, kauzt er.

»Nein.« Olli schüttelt den Kopf. »Ich meine, doch. Sicher mache ich mit.«

»Er will, dass ich nicht mitmache«, sage ich spitz.

»Hä?« Hendrik fasst sich an den Kopf.

»Nein, gar nichts«, stöhnt Olli und schreit dann: »Ach, lasst mich doch in Ruhe. Wir fahren alle drei, und damit basta.«

»Komm, Vivi.« Hendrik hakt sich bei mir ein und fährt mit mir los. »Lass den sich erst mal abkühlen.«

Über die Schulter werfe ich einen Blick zurück. Olli sieht fertig aus. Einen Moment fürchte ich, er würde sich umdrehen, einfach kneifen und weglaufen, wie an dem Nachmittag in der Gartenlaube, als er Bammel hatte, ich könnte ihn auslachen, ekelig finden, was weiß ich.

Olli zögert. Blickt dann uns nach, seufzt noch mal und strafft seine Schultern.

»*No risk, no fun,* Olli, hast du selbst gesagt, oder nicht?«, begrüßt Hendrik ihn, als er zu uns stößt.

»Jaja.«
»Das Bungeespringen fandest du nachher auch spitze.«
»Ja, stimmt ja.«
»Also, komm.«
Hendrik streckt die Hand nach Olli aus, der hängt sich ein und so fahren wir alle drei unsere Übungsrunden auf dem Dach. Der Regen kann uns nichts anhaben, der Rost auf der Leiter nicht, die Schmerzen in den Händen nicht, die Höhe nicht, die Angst nicht, wir sind zu dritt, wir sind Freunde, wir sind die ersten Roof-Skater der Welt.

Kapitel 7

Um halb elf sind wir an der S-Bahn-Haltestelle verabredet.

Wir wollen in die Disco, noch mal richtig abzappeln, bevor wir morgen unser Leben aufs Spiel setzen.
Ich bin als Erste da. Normalerweise hole ich Mone ab oder sie mich, aber heute Abend war sie bei irgendeiner Oma oder Tante, sodass ich allein über den neonbeleuchteten Bahnsteig schlendere und die Hände tief in den Taschen vergrabe.
Die Schönwetterperiode geht langsam vorbei, es soll ein richtig nass-kalter Herbst werden. Hoffentlich bekommen wir unseren Wettkampf noch einigermaßen trocken über die Bühne. Oder es regnet morgen früh schon so stark, dass keiner mehr Lust und Mumm hat, auf das glitschige Dach zu steigen. Was wäre dann?
Schade auf der einen Seite. Man freut sich so auf etwas, regt sich auf, trainiert, denkt schon in Stunden bis dahin – und am Ende: nichts.
Auf der anderen Seite würde uns wahrscheinlich allen ein Stein vom Herzen fallen. Bis Afrika würde man das Poltern hören, das der Stein machen würde.
Aber dann wieder andererseits ...
Ich weiß nicht, was besser ist, bin gespalten in der Sache, will mitmachen, will es wirklich und fürchte mich insgeheim so sehr, dass ich schon Durchfall habe.
Wo bleiben denn die anderen? Gut, die Bahn kommt erst um siebenunddreißig, aber wir haben halb elf gesagt, da können sie doch pünktlich sein.
Da vorn kommt ein Mädchen, Hände in den Taschen, Blick

gesenkt, frierend wie ich. Immer, wenn ich in die Disco fahre, habe ich das Problem, dass ich viel zu dünne Sachen anziehe. Weiße Tops meistens. Die leuchten wunderschön im Schwarzlicht und zum Tanzen sind sie auch ganz praktisch, aber vorher friert man furchtbar und nachher, wenn man verschwitzt ist, fängt man sich leicht eine Erkältung. Ich trete gegen eine leere Blechdose und lasse sie auf das Mädchen zuscheppern. Sie fährt herum, sieht dann, dass nur ich es bin, und trippelt weiter auf und ab.

Endlich kommen die anderen, Mone, Metan, Hendrik und Olli. Sven hat Kopfschmerzen, na ja, er sieht sowieso noch so jung aus, dass die Türsteher ihn manchmal gar nicht reinlassen wollen.

»Hey, Vivi, alles klar?!« Sie begrüßen mich und augenblicklich wird mir viel wohler und wärmer. Ich finde es äußerst unangenehm, abends allein auf einem zugigen Bahnsteig rumzuwandern. Wenigstens war nachher noch eine Frau da, aber zu zweit fühlt man sich auch nicht gerade sicher.

Die S-Bahn naht, ich sehe die drei Scheinwerfer schon von Weitem, dann rollt der orangefarbene Zug in den kleinen Bahnhof ein, die Türen öffnen sich mit einem Fiepen und wir stürmen hinein.

»Lasst uns den Vierer hier nehmen!«

»Gut, dass die Bahn leer ist, Alter, da kann man sich wenigstens ausstrecken!«

»Hendrik, nimm deine Füße da weg, da wollte ich sitzen!«

Das Mädchen ist am anderen Ende des Wagens eingestie-

gen, sitzt mit dem Rücken zu uns, sonst ist die Bahn leer, wie immer um diese Zeit.
»Hoffentlich ist der nette DJ wieder da«, freut sich Mone. »Wisst ihr noch, der von letzter Woche, der war klasse, wie hieß der noch?«
»Ja, der war gut«, stimme ich ihr zu und rätsele mit ihr über den Namen, als die Bahn an der nächsten Station hält und drei Typen einsteigen. Ich sehe, dass Metan, der mir gegenübersitzt, sich umdreht und aus den Augenwinkeln hinter ihnen herlinst, während die Bahn wieder fiept und mit 'nem Zischen die Türen zumacht. Die Typen aber kümmern sich nicht um uns und wir uns natürlich auch nicht um sie. Wir haben die abendentscheidende Frage zu klären, ob heute der freundliche oder der arrogante DJ im *Central Park* die Platten auflegt.
Die drei Typen setzen sich zu dem Mädchen, das fällt mir sofort auf, weil ich das kenne und es mir auch immer auf die Nerven geht. Die Bahn kann völlig leer sein, aber sitzt du mit 'ner Freundin drin und es kommt ein Mann rein, pflanzt er sich zu euch. Das ist der Trieb bei denen, ätzend.
Jetzt höre ich sie laut »Hallo, hallo!« und »Ist hier noch frei?« fragen und lasse mir gleichzeitig von Mone einen Kaugummi in den Mund stecken.
»Echt gut, dass wir uns nicht erst vor der Disco verabredet haben«, raunt sie mir zu, »stell dir mal vor, Vivi, wir säßen hier alleine.«
Unauffällig versuche ich, mir die drei Kerle genauer anzu-

sehen. Große Männer in Lederjacken und Stiefeln, offensichtlich älter als wir. Gut, dass die nicht schon vorhin auf dem Bahnsteig waren!

Ich verdrehe die Augen, Olli sagt nichts, Hendrik zuckt mit den Schultern, aber Metan flüstert: »Die sind schon knallevoll. Habt ihr das gerade nicht gerochen? Die haben jeder schon den Kasten Bier intus, um den ihr morgen antretet.«

Wir lachen alle und in dem Moment sehe ich, wie sich die Typen zu uns umdrehen. Oh nein, denke ich, die kommen doch wohl nicht rüber und wollen mitlachen, aber Glück gehabt, sie scheinen uns nicht für beachtenswert zu finden, sondern scharen sich um das Mädchen.

»Wenn wir uns morgen Mut antrinken, müssen wir aber ganz schön aufpassen«, witzelt Hendrik, wir grinsen, wollen antworten, doch in dem Moment hören wir das Mädchen rufen: »Verschwindet. Lasst mich in Ruhe!«

Olli zieht die Augenbrauen hoch, Metan dreht den Kopf wieder ein bisschen nach hinten, verzieht das Gesicht, keiner will was sagen, bis Hendrik fragt: »Hast du noch 'nen Kaugummi?«

»Mann«, zischt Mone wütend zu Hendrik, »was machen die da?«

»Keine Ahnung. Vielleicht sind das ihre Freunde.«

»Hört sich aber nicht so an«, erwidere ich.

Mein Herz fängt wieder an, unkontrolliert schneller zu klopfen. Ich will nicht hinschauen, muss aber doch. Die

drei Typen sehen wirklich unangenehm aus. Bullige Gesichter, breite Rücken, kurze Haare.
Jetzt lachen sie hässlich laut und aggressiv, das Mädchen ist auch manchmal zu hören, mit Panik in der Stimme: »Ich hab gesagt, ihr sollt mich in Ruhe lassen!«
»Glotzt da nicht so hin, Leute. Vivi, Metan, glotzt nicht so!«, zischt Hendrik. »Glaubt ihr, ich will die hier haben? Da haben wir nichts mit zu tun, das geht uns nichts an!«
»Die betatschen die«, höre ich Mone sagen.
Drüben ist jetzt Gerangel, das Mädchen will wohl aufstehen, aber einer der Typen zieht sie auf den Sitz zurück, zieht sie auf seinen Schoß und dann stellt sich ein anderer davor, sodass ich nichts mehr sehen kann.
»Ja, und?«, flüstert Olli jetzt. »Wenn sie Spaß dran haben. Mone, mach dein Maul zu. Sonst knutschen sie dich noch ab.«
Er blickt zu Boden, dann zu mir, zuletzt zu Hendrik. Der lacht: »Mone mit dem Riesenmaul. Fischmaul, Mone!«
Mone versucht auch ein Lächeln, aber da hören wir das Mädchen ziemlich laut. »Packt mich nicht an!«, schreit sie. Ein Hilfeschrei.
Metan will aufstehen, aber Hendrik drückt ihn in den Sitz zurück.
»Bloß nicht! Misch dich nicht ein! Das ist Scheiße, was die machen, klar, aber die tun der schon nichts. Gleich kommt die nächste Haltestelle, da steigt die aus und fertig, so ist das Leben. Metan, ich sag dir, halt dich da raus, ich kenn die Typen!«

»Woher kennst du die denn?«, fragt Mone erschrocken.

»Na, wie man halt so Leute kennt. Der eine wohnt bei Marcel im Haus. Und einen von den anderen hab ich in der Gegend auch schon öfters gesehen. Ich glaub, die waren sogar mal bei uns auf der Schule.«

»Ist doch gut, wenn du sie kennst!«, gibt Metan zurück, ohne sich um einen Flüsterton zu bemühen, aber das ist sowieso nicht nötig, denn die drei scheinen ganz klar davon auszugehen, dass wir uns nicht einmischen, und sind gerade dabei, dem Mädchen die Jacke auszuziehen. So sieht es jedenfalls aus, ich kann von hier aus wirklich schlecht was erkennen, vielleicht sind sie scharf auf ihre Klamotten oder . . .

Oh nein, muss das ausgerechnet passieren, wenn wir in der Bahn sitzen und seelenruhig zur Disco fahren wollen? Kann das nicht eine Bahn später passieren? Die kommen hier doch alle zwanzig Minuten. Nur zwanzig Minuten später?

Und was, wenn die sie vergewaltigen wollen? Hier in der Bahn. Vor unseren Augen. Das gibt's doch. Und wir sitzen hier und können nichts machen. Ja, wir können wirklich nichts machen. Wir sind doch alle erst vierzehn. Bis auf Hendrik, der wird bald sechzehn. Aber die sind noch viel älter. Viel, viel älter.

Und wenn die hierher kommen? Nachdem sie gesehen haben, dass die doch nicht so teure Klamotten anhat oder kein Geld im Portemonnaie?

Wenn die . . .

Ah, endlich kommt die Haltestelle. Die Türen gehen auf, die Türen gehen zu, keiner steigt ein oder aus, ob's das Mädchen vielleicht versucht und nicht kann, keine Ahnung, jedenfalls geht das üble Spielchen da vorne weiter. Ein Poltern und Lachen und manchmal unterdrücktes Schreien, Mone konzentriert sich darauf, ihr Kaugummipapierchen in kleine Fetzen zu zerreißen, Olli knibbelt an seinen Fingernägeln und Hendrik hält Metan fest.

»Wir sind fünf gegen drei«, flüstere ich. »Wir sind nur Vierzehnjährige, ja, aber wir sind trotzdem in der Überzahl.«

Ich weiß nicht, warum ich diese Gedanken meinen Freunden mitteile. Die Worte kommen von selbst aus meinem Mund. Vielleicht auch, weil das Mädchen und ich vorhin zusammen auf dem Bahnsteig gewartet haben und ich insgeheim froh war, dass noch eine Frau da war und ich nicht allein. Vielleicht, weil mir das jeden Tag genauso passieren könnte und ich auch vor Angst sterben würde, vor allem, wenn mir keiner hilft. Wie muss man sich denn fühlen, wenn einem keiner hilft, denke ich und da spreche ich auch schon weiter: »Wenn wir das Mädchen noch dazurechnen, sind wir sogar sechs gegen drei, das muss doch reichen.«

»Eben, ich mach jetzt was.« Metan reißt sich los, steht auf. Ich bewundere ihn dafür, könnte ihn küssen, so froh bin ich.

»Nicht, ich kenn die!«, bittet Hendrik, er hat Angst. Große Angst. Sie sitzt in seinen Augen und springt sofort auf mich über.
Warum habe ich das nur gesagt? Metan, setz dich doch wieder hin! Nicht, dass die dich sehen! Du bist toll, Metan, so mutig, aber ich, ich kann nur, wenn wir alle, wenn wir alle gehen, alle fünf, fünf gegen drei ...
»Ja, gerade weil du sie kennst! Dann hast du doch was gegen sie in der Hand. Außerdem sind es nur noch zwei Haltestellen bis zum Bahnhof. Da steigen bestimmt Leute ein. Los! Wir können doch hier nicht sitzen und zugucken! Was ist jetzt, ich dachte, ihr seid so tolle Cracks, so Extremis!«
Metan wendet sich ab, geht auf die Typen zu, langsam natürlich, abwartend, wann wir denn endlich kommen, und ich muss hoch und ihm nachlaufen, aber meine Beine sind schwer wie Blei, wie in den Albträumen krieg ich sie kaum vom Boden los, doch dann stehe ich, bin hinter ihm, und bevor die Typen Metan mit einem »Verpiss dich, Kanake!« abspeisen können, bin ich bei ihm und mein Mund sagt: »Meine Freunde kennen euch. Die Namen und so. Lasst die Frau in Ruhe, sonst holen wir die Polizei!«
Einen Moment glotzen sie uns fassungslos an. Vor mir steht ein großer, bulliger Kerl, noch größer, als ich ihn mir von dahinten vorgestellt habe. Er hat Pickel im Gesicht, irgendwie ist er aufgedunsen, sein Mund steht offen, seine Augen, blau, fixieren mich, dann verzieht sich der Mund

zu einem fast idiotischen Grinsen, er bückt sich, seine Hand greift nach einer Bierdose, die auf einem der grünen zerschlissenen Sitzé steht, er trinkt, das Bier schäumt ihm das Kinn runter und ich kann es jetzt auch riechen, dieses Gemisch aus saurem Schweiß und gärendem Bier, was bei mir ein Würgen erzeugt.

Plang!, knallt er mir die Dose vor die Füße, wischt sich über den Mund, ein Blick zu den anderen, zwei genauso fette, aber auch kräftige Typen, billig bedruckte T-Shirts unter den Lederjacken, der eine mit 'nem silbernen Schlagring in der Hand. Das Gesicht des Mädchens kann ich nicht sehen, sie liegt auf dem Boden, der vor mir hat sich schon ihre Jacke eingeheimst, ein anderer seine Finger in der Geldbörse und der mit dem Schlagring wollte wohl gerade an die Schuhe oder an ihren Rock, nein, ich will gar nicht wissen, was der wollte, und ich will auch nicht wissen, was der gleich mit mir machen wird, ich bin ja wahnsinnig, ich kann schon die Wucht spüren, mit der ich gleich seine Faust ins Gesicht kriegen werde, dann werden sie Metan aus dem fahrenden Zug werfen und mich zusammenschlagen, ausrauben, vergewaltigen – die Bilder schießen durch meinen Kopf, Fernsehbilder, ich seh mich mit 'nem Helikopter auf dem Flug durch die Nacht ins Krankenhaus, aber nichts passiert, der Schlag kommt nicht, denn die anderen, das merke ich erst jetzt, sind endlich aufgestanden, Hendrik, Olli und Mone, sie stehen hinter uns im Gang und Hendrik sagt mit zittern-

der Stimme: »Entweder ihr lasst sie los und zieht Leine oder wir holen echt die Polizei.«
Einen Moment ist die Spannung unerträglich, sie werden sich niemals von uns vertreiben lassen, denke ich, nicht von uns Vierzehnjährigen, sie werden gleich anfangen zu lachen und uns einen nach dem anderen gegen die S-Bahn-Wände klatschen, aber da ertönt wieder das helle Fiepen der Türen, es ist die Station vorm Hauptbahnhof und der eine, offenbar der Anführer, der, der direkt vor mir steht, gibt den anderen mit dem Kopf ein kurzes Zeichen und sie lassen das Mädchen los und huschen aus der Bahn.
Wie ein Spuk verschluckt sie der dunkle Bahnsteig, von dem einen können wir noch den rausgestreckten Mittelfinger sehen, von dem anderen die Faust, dann wird die Bahn schneller, noch immer fast leer rast sie auf den Hauptbahnhof zu und das Mädchen hebt nach 'ner Ewigkeit den Kopf und sagt leise: »Danke!«
Ich hole Atem, vor meinen Füßen liegt die Bierdose, das Bier ist mir auf die Jeans geplatscht, dunkelblaue, kalte Flecken, und meine Turnschuhe schwimmen in der Lache. Ich will einen Schritt ausweichen, aber ich kann mich noch immer nicht richtig rühren, mein Puls rast, meine Beine bewegen sich nicht.
»Das war knapp.« Hendrik findet als Erster die Sprache wieder. »Ich hätte nicht gedacht, dass die sich so einfach vertreiben lassen würden.«

»Ich auch nicht«, sage ich leise und sofort kauzt er los: »Warum machst du dann so was? Einfach mit Metan losrennen? Helfen ist ja in Ordnung, soll man ja auch, aber ich trau mich jetzt nicht mehr auf die Straße!«

»Wieso denn nur du?«, schimpft Metan. »Wir waren doch alle dabei. Kennen die dich etwa persönlich? Meinst du, die warten vor deiner Haustür?«

Wir schweigen, weil das Mädchen jetzt plötzlich anfängt zu weinen. »Sie wollten mich beklauen und begrabschen«, schluchzt sie, rappelt sich mühsam auf, will ihre Sachen nehmen, aber Mone sitzt auf einmal neben ihr. »Lass mal! Ich helf dir. Beruhige dich erst mal. Ist ja gut jetzt. Soll dich jemand nach Hause bringen?«

»Ja.« Das Mädchen heult immer heftiger. Komisch, dass man manchmal erst richtig flennt, wenn das Schlimmste eigentlich vorbei ist.

Ich löse mich aus der Bierlache, lasse mich erschöpft auf einen der Sitze fallen.

»Wer bringt sie nach Hause?«, fragt Metan.

»Und wer bringt mich nach Hause?«, keift Hendrik und streicht sich hektisch die Haare zurück. »Die lassen das nie und nimmer auf sich sitzen.«

»Du guckst zu viel Fernsehen«, fährt ihm Metan über den Mund. »Vivi, sollen wir sie nach Hause bringen? Ein Mädchen, ein Junge, das ist ganz gut. Wir können uns dann in der Disco wiedertreffen, man sieht sich da ja.«

»Man sieht sich, klar«, echot Olli und legt den Arm um

Hendrik. »Lasst uns! Komm, Mone. Wir haben heute unser gutes Werk getan. Wir müssen hier aussteigen.«
»Bis gleich, dann«, rufe ich noch, als die drei die Bahn verlassen, aber sie hören es schon nicht mehr.

»Ich heiße Kathrin«, bringt sie schließlich hervor. Metan und ich gehen rechts und links von ihr, so, als wollten wir sie stützen und beschützen. Sie hat einen schlimmen Schock und die dreißig Euro aus ihrem Portemonnaie sind weg, die wird sich einer unter den Nagel gerissen haben, die sind futsch.
»Willst du die anzeigen?«, fragt Metan, als wir mit ihr durch eine ruhige Wohnsiedlung gehen.
»Vielleicht. Ich will erst mal nach Hause. Mal gucken, was meine Eltern sagen.« Sie schnieft wieder und ich frage mich, was meine Eltern wohl sagen würden, vielleicht würden sie losmeckern, dass ich nicht so spät am Abend noch mit der Bahn fahren soll, und vielleicht würde meine Mutter heulen und mein Vater rumschreien, es könnte mich ja auch mal einer abholen, meine Mutter oder mein Bruder, er müsste ja schließlich immer arbeiten und er wüsste auch gar nichts von meinem Leben – nein danke, darauf kann ich verzichten.
Für Kathrins Familie sind wir die Helden des Jahrhunderts. Die Mutter redet auf uns ein, der Vater lotst uns ins Wohnzimmer und der Opa will uns sogar einen Geldschein in die Hände drücken.

»Danke, nein«, sagt Metan und wird rot, er würde kein Geld annehmen, und so nehme ich auch keins, schwafele etwas von »gern geschehen« und ärgere mich insgeheim über Metan. Mann, ich hätte den Zwanziger gut gebrauchen können, muss der Blödmann so stolz sein?

»Dürfen wir euch etwas anbieten? Wie können wir uns bedanken? Wir brauchen auch eure Adressen. Wir . . .«

»Wir waren ja nicht alleine«, wiegele ich ab.

Der Vater nickt, schreibt sich meinen Namen auf.

»Wir werden auf jeden Fall Anzeige erstatten. Wie ist es mit morgen, kann ich euch morgen erreichen?«

»Morgen ist Sonntag«, sage ich entsetzt, Metan schweigt und der Vater weiß nicht, worum's geht, sondern fragt verdattert, ob wir etwa in die Kirche gingen.

»Nein.« Ich muss lachen. »Wir haben morgen einen Wettkampf. Extreme-Roof-Skating. Das ist 'ne ganz neue Sportart. Der Knaller überhaupt.«

Ich mache eine ausladende Armbewegung und fange mir einen schrägen Blick von Metan ein. Warum ich das erzähle? Vielleicht will ich einfach, dass uns jemand findet, wenn wir alle abgestürzt und tot auf der Erde liegen. Galgenhumor. Vielleicht würde ich jetzt auch einfach gern mit jemandem reden, aber meine Eltern, nein, das geht nicht.

»Jedenfalls können wir nicht«, übernimmt Metan das Gespräch. »Ich weiß auch nicht, ob unsere Freunde als Zeugen auftreten wollen.« Seine Stimme wird leiser. »Ich weiß ehrlich gesagt auch nicht, ob ich namentlich genannt werden möchte.«

»Wieso? Kennst du die etwa auch?«, frage ich.

»Nein, nicht direkt, aber die wohnen in der Gegend. Denen läuft man ständig übern Weg. Die gehören auch irgendwie zu Marcels Clique. Ach, ist auch egal. Und ich als Türke . . . Ich mein, so wie die aussehen . . .«

Ich schüttele energisch den Kopf, fängt der jetzt auch so an wie Hendrik? Doch Metan bleibt dabei.

»Das geht nicht.«

»Aber«, versucht es Kathrins Vater. »Vielleicht kann man mit euren Freunden noch mal reden . . .«

Metan zuckt die Achseln, schüttelt den Kopf. Mir ist mein Ausrutscher von gerade peinlich. Da hätte ich beinahe verraten, dass morgen unser Wettkampf ist! Ich ticke ja wohl nicht richtig! Lasse mich hier einlullen von der Idylle mit Katze, Kamin und Co. Ich muss schon ganz schön fertig sein, dass mir so was passiert. Bloß raus hier.

»Wir müssen jetzt los«, sage ich also und winke Kathrin zu, die sich in die Arme ihrer Mutter geflüchtet hat.

Ein paar Minuten später sitzen wir wieder in der S-Bahn. Ich hab die ganze Zeit ein Zittern im Bauch, frag mich, was passiert, wenn die Typen jetzt auch wieder drinsitzen, theoretisch ist doch alles denkbar.

Metan scheint ähnliche Gedanken im Kopf zu haben, guckt sich um, als wir den Hauptbahnhof durchqueren, wirkt erleichtert, als wir durch belebtere Straßen zur Disco kommen. Wir haben die ganze Zeit geschwiegen, kaum ein Wort gesagt.

Doch als wir vor der Disco sind und ich nach Kleingeld krame, bringt er plötzlich ein »Vivi, warte mal« heraus.

»Was?« Ich drehe mich panisch um, denke, die Typen wären wieder da, habe schon Verfolgungswahn.

Metan schüttelt den Kopf. »Nein, da ist keiner. Es geht um, äh, ich, äh, ich wünschte, du würdest da morgen nicht mitmachen.«

Das habe ich nicht erwartet, von Olli nicht und schon gar nicht von Metan. Ich zögere, weiß nicht, was dazu sagen.

»Wieso?«, bringe ich schließlich heraus.

»Es ist gefährlich, selbstmörderisch.«

»Und was war das, was wir gerade gemacht haben?«

»Das war es auch, aber . . . das musste irgendwie sein. Das Morgen bringt mich um vor Panik. Oh, nein, ich weiß auch nicht, ich . . .«

Er rauft sich die Haare, sucht nach Worten. »Haben wir nicht schon genug Probleme? Müssen wir auch noch roofskaten?«

»Du bist ja nur Schiedsrichter«, weiche ich aus.

»Ja toll. Weil ich verletzt bin. Zufällig. Das meine ich aber nicht.«

»Was meinst du dann?«, frage ich ein bisschen gereizt. »Mann, du kommst schon genauso an wie Olli. So nach dem Motto ›Das ist nichts für Mädchen‹.«

»Das hat mit Mädchen nichts zu tun. Ich mag dich einfach.« Ich schweige und blicke betreten zu Boden. Am liebsten würde ich jetzt reden. Alles war so viel für mich, ich spüre, wie mir die Tränen in die Augen steigen, am liebsten würde ich mich Metan in die Arme werfen und heulen, weil er so ehrlich nett zu mir ist und mich das unsicher macht, wegen Olli, wegen heute Abend, wegen morgen, wegen allem.
Einen Moment stehen wir so, sprachlos, ich kämpfe mit den Tränen, und als Metan es mitkriegt, ist's ihm wohl peinlich oder er denkt, mir sei es peinlich, jedenfalls zeigt er auf den Eingang und sagt: »Du frierst bestimmt.«
»Ja, ziemlich«, antworte ich matt.

Wir tanzen die ganze Nacht.
This is my church.
Nichts spürt man mehr, wenn man so tanzt.
This is my church.
Das Herz übernimmt den Rhythmus der Technobeats.
This is my church. This is, where I heal my hurts.
Mein Leben? Ein Bungeesprung. Rauf und runter.
Im Blitzlicht. Fragmente, die nicht zusammenpassen.
This is my church.
So ist das alles nun mal. Und wenn es morgen vorbei ist?
Auch egal.
God is a DJ.
Ich singe nicht, ich schreie.

Kapitel 8

Ausgerechnet am Sonntagmorgen habe ich wieder Kopfschmerzen.

Das zweite Mal in dieser Woche. Verflixt. Ich quäle mich aus dem Bett, meine Haare stinken nach Zigarettenrauch und mein Schädel fühlt sich an, als hätte ich die halbe Nacht auf ihm herumgetanzt.

Draußen scheint die Sonne. Gleißendes Licht durch Wolken. Noch ist alles trocken, also findet unser Fest auf jeden Fall statt.

Ich habe angefangen, es für mich nur »das Fest« zu nennen, jedes andere Wort würde mich wahrscheinlich dazu bewegen, einfach im Bett zu bleiben.

Ich ziehe mich an und suche im Bad nach Tabletten, als mein Vater zufällig hereinkommt und fragt: »Hast du schon wieder Kopfschmerzen?«

»Was dagegen?«, antworte ich. Wofür sind die Aspirin schließlich da, wenn ich sie nicht nehmen soll.

»Wie war die Mathearbeit?«, kommt die nächste Frage und ich brumme etwas.

»Bitte?«

»Welche Mathearbeit?«, sage ich und zucke mit den Schultern. »Ich kann mich nicht erinnern.«

Ich will rausflutschen, mich schnell fertig machen und ab die Post, aber er folgt mir in mein Zimmer, was er sonst nie tut.

»Vorhin hat mich ein Herr Maschewski angerufen.«

»Kenn ich nicht.«

Wo ist nur der Stecker meines Ohrrings hingekommen?

»Das ist der Vater von Kathrin.«

»Ich kenn keine Kathrin!«, rufe ich. Mist, meine Kopfschmerzen werden nicht besser, ich will nicht auf das Dach, ich hab schlecht geträumt, ich hab ein ungutes Gefühl und da kommt ausgerechnet mein Vater, der sonst nie da ist, und nervt mich mit der Mathearbeit und seinen Problemen.

»Was ist denn mit dir los? Kathrin ist das Mädchen, das ihr gestern in der S-Bahn . . .«

»Ach, die!« Ich schleudere meine alte Jeans in die Ecke. Voller Bierflecken, unbrauchbar, jetzt muss ich die enge anziehen und die kneift mich doch immer so.

»Ich finde das toll, was ihr gemacht habt.«

Ich streiche mir die Haare aus dem Gesicht. »Ach, ja. Ich auch oder nicht, weiß ich nicht. Ich muss mich beeilen, ich bin verabredet.«

Ich greife nach meinen Knieschonern, die Inlineskates habe ich im Flur. Etwas zu trinken brauche ich auch noch. Schon gleich halb zwölf, hoffentlich wirkt die Tablette schnell.

»Wo willst du denn hin? Der will noch mal mit dir reden und mit deinen Freunden auch. Er kommt gleich vorbei. Ich hab gesagt, du schläfst noch, wärst ab Mittag ansprechbar, und jetzt rennst du einfach weg!«

»Ist das mein Problem?«

Ich schiebe ihn sanft aus der Tür und begegne meinem Bruder, der schon wieder seine Schraubenschlüssel in der Hand hat.

»Pass auf, dass du an den Dingern nicht mal festwächst«, grüße ich und schnappe meine Inlineskates.
»Und du nicht da dran.« Er zieht eine Grimasse und ich öffne die Wohnungstür.
»Vivi, was soll ich dem Mann denn jetzt sagen? Musst du wirklich gehen, ich wollte mal mit dir reden!«
»Keine Zeit«, rufe ich über die Schulter zurück. »Schalt dir 'ne Talkshow ein, ich bin verabredet.«
Dann bin ich draußen, die kühle Luft schlägt mir entgegen, weckt mich auf. Mensch, mein nerviger Vater! Hätte ich doch Kathrin gestern nicht meine Adresse gegeben! Aber ich war so durch den Wind, dass ich überhaupt nicht mehr bei Verstand war.
Ich schiebe die Hände in die engen Jeanstaschen und schlage den Weg zum Industriegelände ein. Mein Kopf wird langsam klarer, aber dafür kriecht die Angst wieder massiv hervor. Dieser Wahnsinnswettkampf wird kein Pappenstiel, das ist sicher. Ich frage mich, warum ich mich überhaupt darauf eingelassen habe. Was habe ich denn erwartet? Was wollte ich denn? Ich weiß es gar nicht mehr. Doch: was erleben. War das alles? Ach, es ist jetzt eh zu spät.
An der Halle ist noch alles ruhig. Kein Mensch weit und breit. Ich setze mich auf die Rohre und warte. Wann kommen denn die anderen? Können die nicht einmal pünktlich sein! Ich habe richtig Bammel. Voll das Gefühl, dass irgendwas schiefgeht. Und es kann einfach alles schiefgehen.

Endlich kommen sie. Ich war schon kurz davor, einfach wegzulaufen und mich irgendwo zu verstecken, aber da sehe ich sie.

Von Weitem schon ruft Hendrik: »Hallo, Vivi! Du bist ja schon da! Alles klar, alles fit?«

Hendrik hat sich vom Niemand zum Champion entwickelt, er grüßt mich überschwänglich und gibt sofort Anweisungen, wer was wo zu machen hat. Ich hätte weglaufen können. Aber dann wäre ich ganz allein gewesen, den ganzen Tag ohne meine Clique, ohne Olli, Metan, Mone, die Leute, die mir wichtig sind.

»Ja, sicher«, antworte ich. »Von mir aus kann's losgehen.«

Das Grüppchen versammelt sich, drei Zuschauer zähle ich, alles so Zwölfjährige, jüngere Geschwister von Bomber und Andreas, die sich mit neugierigen Blicken umsehen.

»Was haben wir gesagt, Jugendliche drei Euro?«, fragt Hendrik und Marcel nickt, aber die Kurzen protestieren sofort, das sei viel zu viel, sie hätten kein Taschengeld mehr und blablabla. Ich fahre mir mit den Händen durchs Gesicht. Die Kopfschmerzen sind etwas zurückgegangen, aber ein dumpfes Gefühl bleibt, das werde ich bestimmt den ganzen Tag nicht los. Und dann das Zwicken im Bauch. Ich könnte schon wieder aufs Klo rennen. Besser, ich verdrück mich noch mal in die Büsche, bevor es aufs Dach geht.

Als ich wiederkomme, steht nur noch Mone an der Feuerleiter.

»Na?«, sagt sie, als sie mich erblickt, und obwohl es gar keinen Grund gibt, umarmen wir uns plötzlich.
»Die anderen sind schon alle oben. Einer nach dem anderen sind sie raufgekraxelt. Die hatten gar keine Probleme damit, nicht mal die Kurzen.« Sie seufzt traurig. »Ich würde so gerne mit raufkommen, aber es geht nicht, ich kann nicht.«
»Macht doch nichts.«
»Nein, es macht mir auch nichts.«
Wir halten uns immer noch fest. Komisch ist das, sie ist wirklich meine beste Freundin, aber wir reden eigentlich selten so richtig allein miteinander und so nah wie jetzt sind wir uns auch nicht oft.
»Ich denke an dich. Ganz fest. Pass auf dich auf.«
»Danke«, antworte ich mit trockener Kehle. Die Aufregung kommt jetzt wellenförmig, kommt in Schüben, durchläuft meinen Körper und schüttelt ihn.
Ich möchte bei Mone unten bleiben oder möchte noch lieber an einem Kamin sitzen, mit einer Katze kuscheln und lesen. Irgendeine spannende Geschichte von ein paar Jugendlichen, die nicht wissen, was sie machen sollen, und deshalb auf Dächer klettern und halsbrecherische Wettrennen veranstalten. Kann auch eine langweilige Geschichte sein. Hauptsache, es ist nur eine Geschichte und ich habe warme Füße und eine Katze auf dem Schoß.
»Pass du auch auf dich auf«, sage ich, nur um etwas zu sa-

gen, völliger Blödsinn, Mone muss ja nicht auf sich aufpassen, sie steht ja nur hier unten und sagt den Zuschauern, wo's in die Arena zu den Gladiatorenkämpfen geht. Ich klettere die Feuerleiter hinauf, langsam und bedächtig, heute sind schon so viele Leute hier raufgekraxelt, irgendwann wird das Ding nachgeben, auch wenn Olli und Hendrik steif und fest behaupten, dass der Rost nur oberflächlich sei, irgendwann, bei einem von uns, wird es nachgeben, leise knirschen und bersten, und zack, die Stufe wird abbrechen und einer von uns schreiend in die Tiefe stürzen, unvorbereitet und einfach so.

Mich trifft es nicht. Jedenfalls jetzt noch nicht. Als ich oben anlange, geht es dort schon wie auf dem Jahrmarkt zu. Hip-Hop schallt über das Dach, Sven verkauft lautstark Getränkedosen, Metan probiert die Trillerpfeife aus und die Wettkampfteilnehmer heizen die ersten Proberunden, wobei sie die Zuschauer, die wie verabredet im Mittelkreis sitzen, so rasant umfahren, dass die vor Schreck und Vergnügen kreischen und sie anfeuern. »Eins, zwei, drei, die Welle!«, schreien jetzt ein paar kleinere Jungs und heben die Arme, »Go, Bomber, go!«, kräht Bombers Schwester und da sehe ich auch Mira, Yvonne und Anne, drei Mädchen aus meiner Klasse, sie winken mir zu und stecken dann tuschelnd die Köpfe zusammen.

Ich hocke mich hin und hole die Inlineskates aus meinem Rucksack. Ganz flau ist mir dabei. Die Sache mit den Zuschauern ist ja irgendwie gut und ehrt mich auch ein bisschen, aber trotzdem würde ich das lieber unter uns ausmachen. Was weiß ich, was die hier erwarten? Die Super-Sensation des neuen Jahrtausends oder die schärfste Ausgabe von Reality-TV mit der einmaligen Chance, Blut live zu sehen?

Vielleicht hätten wir das doch nicht machen sollen. Das fällt dir aber früh ein, Vivi, schimpfe ich mit mir selbst. Wer wollte denn die ganze Zeit was erleben?

»Also, wir laufen uns jeder noch drei Runden warm und fangen danach erst an«, bestimmt Marcel. »Vielleicht kommen noch 'n paar Bekannte von mir, ich hab so vielen Bescheid gesagt, hab im ganzen Haus Werbung gemacht, die sind noch gar nicht alle da.«

Wir nicken zustimmend und Metan, der mit Andreas' Bruder Armin die Schiedsrichterposition übernommen hat, spielt jetzt auch den Moderator: »Hallo, Leute, alle mal zuhören!«, ruft er, niemand hört, alle Zuschauer reden noch wild durcheinander, Sven zählt klimpernd sein Geld und bequemt sich erst nach einem drohenden Blick, die Musik leiser zu stellen.

»Haaallooo!« Metan nimmt die Trillerpfeife und pfeift einmal.

Die Stimmen verstummen und alle Köpfe drehen sich uns zu. Wir sechs stehen nebeneinander aufgereiht, als warteten wir bei Olympia auf die Nationalhymne. Ich habe Mühe, mich gerade auf den Beinen zu halten, warum gucken mich alle an? Jetzt stellt uns Metan auch noch vor, mit Namen und so, völlig unnötig, hier kennt doch eh jeder jeden, aber gut, wenn's professioneller aussieht.

»Roof-Skating ist eine neue Extremsportart, die Hendrik Seifert und seine Freunde erfunden haben!«, ruft Metan jetzt und Hendrik tritt vor, hebt die Arme, als sei er schon Chef im Ring, dreht sich einmal im Kreis und badet in einer Woge von Jubel- und Bravorufen.

»Die sechs Athleten werden in zwei Mannschaften antreten«, spricht Metan weiter. Jeder kämpft in vier verschiedenen Disziplinen.« Er holt Luft und es ist ganz still, man könnte eine Stecknadel fallen hören.

»Die erste ist die einfachste. Obwohl . . . obwohl bei unserem Sport gar nichts einfach ist. Also, die erste sind jeweils zwei Einzelrunden in der Außenbahn, die auf Zeit gemessen werden.«

»Huuu, yeah, anfangen!«, ruft das Publikum und Metan wirft uns einen schnellen Blick zu.

»Die zweite Runde besteht aus einem Staffellauf, also alle drei treten nacheinander an. Das ist aber noch nicht der Clou, denn das Besondere dabei ist, dass immer zwei Läufer gleichzeitig auf der Bahn sind.«

Die Zuschauer klatschen und lärmen wieder, aber mir wird immer flauer. Die wissen doch gar nicht, was es bedeutet, zu zweit schnell nebeneinander herzufahren. Man drängt sich doch logischerweise ab. Und wenn man sich zu weit abdrängt und zu viel Schwung drauf hat . . .

»In der dritten Runde fahren sie rückwärts und in der . . .«

... noch verrückter, noch viel verrückter, aber ich wusste das doch, wir haben es doch alles besprochen, mehrmals besprochen, ich wusste doch, was auf mich zukommt ...

»... in der vierten ...«

... aber ich habe nicht mit diesem großen, lauten Publikum gerechnet. Ich komme mir wirklich vor wie ein Gladiator in der Arena. Wäre ich ein Fußballspieler, bekäme ich wenigstens noch ein paar satte Millionen. Hier riskiere ich für drei Euro meine Gesundheit, mein ...

»... Runde kommt das Highlight. Die Skater ...« Metan räuspert sich.

... mein Leben setze ich aufs Spiel ...

»... also die Roof-Skater springen über eine Delle im Dach. Einen Hubbel, den wir mit einem schmalen Holzbrett zu einer Sprungschanze gemacht haben. Jeder muss springen und fliegen, sonst wird die Runde nicht gewertet.«

... mein Leben!

Zunächst jubelt keiner, einen Augenblick ist es noch still, Anne, Mira und Yvonne beugen sich in Richtung Bahn und Dachrand vor, um noch mal die Höhe abzuschätzen, sie verdrehen die Augen. Yvonne wird ein bisschen blass und Anne wirft mir einen Blick zu, der fragt: Bist du von allen guten Geistern verlassen? Dann fangen die Jüngeren wieder mit dem Lärmen an, auch Karsten, ein dicker Junge aus Svens Klasse, der gerade heraufgekommen ist und nichts mitgehört hat, fängt fröhlich an, zu klatschen und »Heyheyhey« zu rufen, und dann wird das Rufen lauter, auch Andreas und Bomber fallen ein, während Marcel sich als Erster auf die Bahn begibt, um die Proberunden zu fahren. Plötzlich geht alles sehr schnell, nach Marcel fährt Olli, nach Olli Bomber, nach Bomber Hendrik, nach Hendrik Andreas und dann muss ich los, egal, ob ich will oder nicht.

Die ersten Schwungschritte sind holperig, dann geht es besser, ich lenke mich nah an den Zuschauern vorbei, direkt am inneren Rand der Rennbahn. Shit, diese Bahn führt verdammt nah am Rand entlang. So nah, als habe man es nur darauf angelegt, dass einer abstürzt. Ist das etwa der Sinn bei diesem Sport? Ich meine, soll man wirklich glauben, man stürzt, und dann stürzt man doch nicht richtig?

Das Dach ist lang, an den Längsseiten sechzig, den Querseiten dreißig Meter etwa, bei mir ist alles etwa und circa, auch die Höhe, die ist auf jeden Fall so gigantisch, dass man einen Sturz kaum überleben kann.

Ich verlangsame in der Kurve, die Querseite fahre ich gemächlich, dann kommt die Zielgerade mit der Hubbelschanze, ich weiche großzügig aus, gleite ins Ziel. Die erste Proberunde habe ich hinter mir.

»Das war aber langsam, Vivi. Jetzt noch mal mit Power, damit sich unsere Fans auf einen Wettkampf freuen können und nicht bei einer Seniorenveranstaltung versauern müssen!«, schreit Armin, unser Zweitschiedsrichter, und fängt sich von Metan einen giftigen Blick ein. Die Masse aber jubelt: »Vivi, Vivi!«

»Schneller, Vivi! Zeig ihnen, dass sie sich warm anziehen müssen, wenn es gleich losgeht!«, fällt Hendrik ein und hebt wieder die Arme, um sich als Star feiern zu lassen. Schneller, schneller, der hat gut reden. Ich brauche meine Kräfte. Für gleich. Für das Rennen. Ich gehe mit Fullspeed in die erste Kurve und rutsche beinahe aus, fange mich und haste weiter. Die Zuschauer haben's gesehen, natürlich. Denen entgeht nichts. Ich kann es hören. Das Geschrei. Hingucken kann ich nicht. Ich muss auf meine Bahn achten. Ein Blick zur Seite wäre tödlich.

»Schon besser«, lobt Armin. »Aber, Leute, aufpassen, wer sich auf die Schnauze legt, kriegt keine zweite Chance, der ist selbst schuld. Wir fahren hier nach fairen Regeln!«, ruft er und es gibt das gewohnte Getöse.

»Faire Regeln«, zischt Metan sarkastisch und wirft mir einen Blick zu. »Fahr nicht schneller, Vivi, du musst nicht gewinnen, du musst nur aufpassen, dass . . .«

»Ruhe! Schiedsrichter sind unparteiisch«, herrscht Armin ihn an und Olli und Hendrik schütteln den Kopf.

»Schwächel nicht rum, Metan. Du hast keine Ahnung, du warst ja nicht hier. Wir haben geübt. Wir haben alles unter Kontrolle.«

»Ist ja gut«, nölt er und ergreift die Trillerpfeife. »Soll's losgehen?«

Armin nickt und wir anderen auch.

Karsten dreht mit Sven Musik an, irgendwas Schnelles, Wummerndes, es schrillt so laut aus den Boxen, dass ich

denke, ich wäre wieder in der Disco, dann wird's abrupt ausgeblendet und Armin verkündet: »Ihr erlebt jetzt live die erste Runde des ersten Roof-Skating-Worldcups in diesem Jahrtausend.« Er gibt Marcel ein Zeichen und der stellt sich in Startposition. Inlineskates auf die Startlinie, gebückte Haltung, Hände auf die Knie gestützt. Armin hält die Uhr hoch, Metan setzt die Trillerpfeife an den Mund.
»Auf die Plätze, fertig, Power!«
Ein Pfiff, die Stoppuhr läuft.

Kapitel 9

Der erste Läufer ist Marcel.

Der wird eine Zeit hinlegen, die kaum jemand unterbieten kann, aber jeder unterbieten will.
Marcel mag ich eigentlich nicht besonders, er hat so eine arrogante Art, guckt meist direkt über einen hinweg. Jemand, der nie grüßt, wenn du ihm allein irgendwo auf der Straße begegnest. Und jetzt fegt dieser Jemand da über das Dach, als wolle er die Goldmedaille holen. Ich stehe dabei und bin wie unter Strom, mein Magen krampft und windet sich, mein Herz sendet hilflose Klopfzeichen aus und mein Mund ist so trocken, als hätte ich einen Zentner Sand geschluckt. Marcel gelangt in die Zielgerade, locker sieht das aus, er fährt scheinbar so, wie er jede Strecke fahren würde, auf jeder Straße, auf jedem Platz, genau so fährt er auf dem Dach, fiebrig nur seine Stirn, das Gesicht feuerrot, als es vorbeifliegt, und Armins Stimme, die in der zweiten Runde laut anfängt, die Sekunden zu zählen.
»Lass das, Armin, das macht mich nervös!«, sagt Olli, der dabei ist, sich zu lockern.
»Das ist mir egal«, zischt Armin leise und lässt kein Auge von Marcel, der wieder die erste Längsseite entlangsaust.
»Das sieht voll cool aus«, flüstert Bomber. »Macht jemand Fotos, du, Sven?«
Sven nickt und holt seinen Fotoapparat.
Marcel geht in die Kurve. Aber wie? Er verlangsamt fast überhaupt nicht oder kann ich das nur von hier aus nicht sehen? Nein! Er prescht mit einem Affenzahn um die

Ecke, wie soll ich das jemals nachmachen, jetzt die Querseite, und er hat immer noch Energie.

»Gute Zeit, gib alles!«, schreit plötzlich Bomber neben mir so laut in mein Ohr, dass ich es mir erschrocken zuhalte.

»Gib alles!«, wiederholt das Publikum im Chor und Marcel gibt, was er hat, er weicht rasant dem Hubbel aus, jagt ins Ziel, fährt fast Svens Getränkekiste um, fällt dann Bomber und Andreas in die Arme und in dem Moment erklären Metan und Armin laut und euphorisch: »Das waren zwei Minuten achtzehn Sekunden.« Und während Metan sich die Zeit auf seinen Notizblock schreibt, ruft Armin noch mal: »Nur zwei Minuten achtzehn, Leute, wer hätte das gedacht, wer kann das toppen, kann das einer toppen?!«

Mir wird immer übler. Ich kann das mit Sicherheit nicht unterbieten. Das heißt, ich könnte vielleicht schon, auf normaler Strecke, auf einer Strecke, auf der man sich vielleicht ein paar Kratzer, Hautabschürfungen oder blaue Flecke holt, aber doch nicht hier, nicht hier ...

»Oliver will das toppen? Olli, willst du einen neuen Rekord aufstellen? Okay, Oliver!«

Armin schiebt Olli zum Start, der stellt sich hin. Das Publikum singt: »Olli, Olli, mach jetzt mal dolli!«

Die sind voll begeistert, sehe ich, selbst die Mädchen aus meiner Klasse, die erst so skeptisch geguckt haben, die sind total aus dem Häuschen, merken die denn nicht, was hier abgeht? Was geht denn hier ab, Olli geht ab, der geht

ab wie auf Schienen, Olli hat seine Ehre zu retten, Olli hat für jede Bahn weniger als eine Minute und neununddreißig, Olli will Erster sein, natürlich, und ich wünsch es ihm ja, aber ich . . .
Er macht es gut. Wirklich gut. Aber er fährt so unruhig, so schlenkernd, das macht er doch sonst nicht!
»Olli fährt wie besoffen!«, bringt es Armin auch schon auf den Punkt. »Leute, schaut euch den Olli an, der hat sich Mut angetrunken, der ist der ganz Harte, ein Applaus für Olli!«
Olli bringt sich gerade durch die Kurve, als alle klatschen, sie klatschen wegen Armin, aber Olli missversteht's, er denkt natürlich, sie klatschen seinetwegen, und da guckt er, nicht gucken, Olli . . .
Er guckt kurz, aber das reicht. Er kommt aus dem Rhythmus, muss sich halten und fangen und verliert, verliert bestimmt zehn Sekunden.
»Das bringt er nicht. Der kriegt dich nicht«, raunt Bomber Marcel zu, der trinkt und keucht und sich die Schweißperlen von der Stirn wischt.
»Du bist gut gefahren, Marcel«, lobe ich, ich denke, ich muss das einfach mal machen, auch wenn ich ihn nicht mag, und da lacht er und nickt und sagt Ja, mehr nicht.
»Zwischenzeit?«, fragt Andreas, als Olli in die zweite Runde geht.
»Eins vierzig«, antwortet Metan und Andreas atmet auf. »Der kriegt dich nicht, Marcel.«

»Weißt du nicht, wenn er richtig loslegt.«

Und Olli legt los. Er braust scharf am Publikum vorbei, so scharf, dass Armin schon sagt: »Pass mal einer auf, dass der nicht über die Linie tritt«, er schneidet die Kurven, bricht auf der langen Geraden alle seine eigenen Rekorde und kommt wie ein Blitz ins Ziel geschossen.

»Zwei Minuten zweiundzwanzig Sekunden. Fast so schnell wie Marcel!«, ruft Metan verblüfft aus und das Publikum echot im Chor: »Wer ist so schnell wie Marcel, wer ist so schnell wie Marcel?!«

»Knapp vorbei ist auch daneben, was, Olli?«, kommentiert Marcel mit einem erleichterten Grinsen, aber Olli zuckt nur mit den Schultern.

»Ihr habt mich aus dem Konzept gebracht, das war nicht fair!«

»Au Mann«, ereifert sich Armin. »Sollen wir etwa mäuschenstill sein, wenn der große Künstler die Bühne betritt?«

Andreas und Bomber lachen, aber Metan ergreift Partei für Olli: »Das wäre besser. Wenn sich einer erschreckt . . .«

»Oh, wie schrecklich. Es erschreckt sich einer!«, höhnt Armin, doch da fauche ich: »Du Affe, musst ja auch nicht fahren. Du hast ja gut reden.«

Armin schweigt und ich wende mich an Olli: »Du bist klasse gefahren, was willst du mehr.«

»Das sagt die jedem«, lässt sich Armin hören.

»Wenn's stimmt«, fauche ich.

»Kann ich jetzt mal langsam?«
Bomber ist an den Start getreten. Ich weiß nicht genau, warum Bomber eigentlich Bomber heißt, vielleicht weil er etwas kräftiger ist oder vielleicht weil er mal als Kind versucht hat, aus Silvesterknallern 'ne Bombe zu bauen, um damit das Gartenhäuschen der Nachbarn in die Luft zu jagen.
Bomber beißt sich durch. Er bringt das Publikum zum fassungslosen Staunen, als er wie ein Schnellzug an ihnen vorbeidonnert, aber er kommt nicht an die Marke von Marcel heran, in der Zwischenzeit nicht und auch nicht in der zweiten Runde. Zwei Minuten fünfzig, das ist alles, was er erreichen kann, und ich wünschte, ich könnte Metan diese Zeit hinter meinen Namen schreiben lassen und der Kelch wäre schon an mir vorüber.
Jetzt wird es nämlich Zeit, dass ich mich bereitmache. Hendrik möchte zuletzt fahren, na gut, da kann man nichts machen, je eher es vorbei ist, desto besser, ich trete vor und höre die Mädchen im Chor »Vivi, Vivi!« schreien.
»Alles deine Fans«, sagt Olli und lacht. »Viel Glück, Vivi.«
»Auf die Plätze, fertig . . .«
»Moment!«, rufe ich und hebe die Hand. »Ich muss mich erst konzentrieren.«
»Okay«, höre ich Metans Stimme, Armin brummt etwas von wegen Extrawurst.
Nichts da, Extrawurst. Ich hatte mich darauf eingerichtet,

als Letzte zu fahren. So wie in der Proberunde. Was kann ich dafür, dass Hendrik mich plötzlich vorschicken will.

»Vivi, Vivi, Vivi!«, kreischen die Mädchen. Ich muss an Mone denken, die sich unten langweilt, wäre Mone doch jetzt hier, dann würde ich mich sicherer fühlen. Na los, ich muss fahren. Die Kopfschmerzen sind so gut wie weg, der Magen muss mit und die Beine haben kein Recht, mir ihren Dienst zu versagen.

»Okay.«

»Auf die Plätze, fertig, Power!«

Was ein blödsinniger Spruch, fährt es mir durch den Kopf und dann fahre ich, vom Start bin ich gut weggekommen, in Ordnung, jetzt gib alles, Alte! Pese mit Power! Weiter, Vivi! Was schreien die alle so? Bin ich schon wieder zu weit am Rand? Nein, die schreien ja immer, weiter, die Kurve jetzt, komm, das ist gut, nicht so viel bremsen, ich muss aber bremsen, da bin ich schon über die Außenlinie, noch ein bisschen bremsen, jetzt rum, gut, und wieder Gas geben, weiter, ich weiß, du kannst es, weiter, links fliegen die Gesichter der Mädchen an mir vorbei, rechts der Horizont, grau, Wolken, Stadt und Land, da ist die nächste Kurve, bremsen, bremsen und beschleunigen, dann wieder weiter und bremsen, beschleunigen, dem Hubbel ausweichen, und das Ganze noch mal, komm, einmal ist keinmal ...

Ich kann nicht mehr!

»Weiter, Vivi!«

»Vivi, Viviiiiiii!«
Kurve, lange Gerade, Gesichter, Horizont, Horror – die Kuuuuuuuurve,
ich bin zu schnell, aber ich bin rum, und die nächste, ich trete über die Linie, macht nichts, hat keiner gesehen, der Hubbel, der Himmel, die Hölle, dann das Ziel, die Hände, Hände von Olli.
»Gut! Gut, wenn du nur nicht in den Kurven gebremst hättest!«
»Aber . . .!«
Ich schnappe nach Luft.
»Drei Minuten fünf. Für 'n Mädchen gar nicht schlecht«, fällt Armin sein Urteil.
»Was heißt für 'n Mädchen?«, fauche ich.
»Toll, Vivi!«, lobt Metan, aber Armin lacht: »Na ja.«
»Du hättest nicht so viel bremsen dürfen«, sagt Olli wieder und ich bekomme im Augenwinkel mit, wie Andreas startet.
»Was soll das? Sie musste doch bremsen«, raunzt Metan Olli an, während Andreas unterwegs ist.
»Ja, aber nicht so viel. Sie ist zu ängstlich. Dadurch hat sie die Zeit verloren.«
Sie gucken sich wild an, ich lasse mir einen Schluck Wasser von Sven reichen und in dem Moment hören wir einen Tumult. Andreas ist gestürzt, direkt vor einer Kurve, ich sehe noch, wie er sich aufrappelt, die Fans toben, schreien, feuern ihn an, er solle weiterlaufen, und das tut

er auch, aber als er ins Ziel kommt, ist die Zeit praktisch unwichtig, über vier Minuten, damit ist er weit entfernt von allen Träumen und außerdem sieht sein Ellenbogen auch nett aus, aufgeschürft und blutig.

»Hat einer 'n Pflaster?«

»Du hast das gleiche Problem wie Vivi«, spielt sich Armin auf, nachdem Hendrik, als letzter Held der ersten Runde, abgedüst ist. »Andi, du hast auch zu stark vor den Kurven gebremst. Vivi hat deshalb massig Zeit verloren und du hast dich sogar flach gelegt.«

»Halt die Schnauze, sonst leg ich dich gleich flach!«, brummt Andreas wütend.

Ich wende mich ab. Sollen sie sich doch in die Wolle kriegen. Ich fahre und bremse, wie ich will, und damit basta.

Hendrik ist wieder mal einsame Spitze. Er fährt noch lockerer als Marcel, hebt sogar elegant die Arme, als er halb über den Hubbel hopst, kommt auch in den Kurven nicht in Panik, legt eine faszinierende Fahrt hin, die sich gewaschen hat.

»Zwei achtzehn!«, schreien Armin und Metan gleichzeitig.

»Das gibt's doch nicht, zwei achtzehn, das bedeutet unentschieden, Marcel und Hendrik, unsere Champions der ersten Runde!«

Hendrik strahlt und dreht eine halbe Ehrenrunde, langsam natürlich, von den Mädchen aus meiner Klasse mit Kusshänden bedacht, von den Jüngeren umjubelt. Und Marcel. Er fährt rückwärts, fährt fast gegen Hendrik, der

fängt ihn freundschaftlich auf, noch ist man gleich stark, aber es wird einen Sieger geben, es muss und es wird.
»Jetzt bin ich auf den Staffellauf gespannt!«, sagt Sven und dreht die Musik wieder an.
»Wenn du beim Staffellauf nur nicht so abbremst!«, höre ich Olli. Junge, du übertreibst aber langsam, willst du unbedingt gewinnen oder was? Und Metan, der sich mal wieder Sorgen macht, meckert los:
»Lass das Mädchen doch, soll die ihr Leben riskieren, nur weil du . . .«
»Was hat das mit Mädchen zu tun?«, braust Olli auf.
»Ich sag ja nur.«
Ich schüttele den Kopf, irgendwie ahne ich schon, was los ist. Die Erkenntnis flackert in meinem Hinterkopf auf wie die Neonröhre in unserem Keller, danach bleibt es zwei Sekunden lang dunkel, ein Summen, und zuletzt leuchtet es grell in meinem Kopf. Sieh an, Olli ist auf Metan eifersüchtig. Wegen der Sache mit Kathrin, wegen seiner Sorgen, wegen was weiß ich. Vielleicht auch, weil Metan seine Bedenken und Gefühle einfach offen äußert, wogegen Olli den Mund nicht aufkriegt, wenn andere dabei sind. Sonst hätte er mich ja gestern Morgen auch nicht angesprochen. Und jetzt ärgert er sich, weil Metan das sagt, was er eigentlich selbst sagen will, aber nicht kann, und ich möchte eingreifen, alles erklären, sagen, dass sie alle beide meine Freunde sind, zwei Freunde, die ich beide unheimlich gernhabe, ohne Verliebtsein, aber gernhabe, so

richtig, ich will das schnell noch sagen, aber da ist es schon zu spät, denn Metan bringt genau das offen zur Sprache, was Olli gestern zu mir gesagt hat: »Es ist doch sowieso unfair, ein Mädchen gegen die Jungs«, und das ist zu viel des Guten für Olli, denn er faucht völlig außer sich: »Was hast du immer mit den Mädchen? Du bist wohl gegen Frauenemanzipation, Türke.«

Das ist ihm so rausgerutscht, ich weiß es und ich sehe es. Olli beißt sich auf die Lippe, aber nun ist es gesagt und alle haben es gehört, die Clique, die andere Mannschaft, das Publikum, alle, und sie schweigen. Totale Stille. Selbst das Lied ist zu Ende, zufällig natürlich, aber ich höre, wie Sven, bevor der neue Song ansetzen kann, auf die Stopptaste drückt.

Verdammt, Olli, wie kannst du so was sagen, es ist doch völlig egal, ob Metan Türke oder was weiß ich was ist, das war doch nie ein Problem noch ein Thema überhaupt, wie kannst du so was auch nur denken, dass es dir rausrutschen kann?

»Wollen wir nicht mal die zweite Runde anfangen?«, fragt Marcel in die Stille hinein, er will in Ruhe den Wettkampf abziehen, das wollen wir doch alle, deshalb sind wir hier, wir haben eine spannende erste Runde gehabt, ein offenes Unentschieden auszutragen, einen Staffellauf, einen Rückwärtslauf und einen Spezialhit mit Sprungschanze.

Metan weiß nicht, was er sagen soll, seine Augen glitzern und sein Gesicht ist puterrot, aber plötzlich weiß er es doch, er knallt den Notizblock auf den Boden, brüllt: »Macht euren Scheiß doch alleine, fahrt euch doch kaputt, ist mir doch egal!«

Er hechtet zur Feuerleiter, will runterhasten, doch er kommt nicht weit, denn es kommt jemand herauf: Mone. Mone? Was will die denn hier, frage ich mich völlig überrascht, dann erscheint noch ein Kopf und noch einer, wohl ein paar verspätete Freunde von Marcel, denke ich noch.

Doch als ich den grenzenlosen Schrecken in Metans Gesicht sehe, weiß ich es besser: Es sind die drei Typen aus der S-Bahn.

Kapitel 10

»Wo kommen die denn her?«, flüstert Olli erschrocken.

Ich kriege keinen Ton heraus, die anderen auch nicht. Metan weicht panisch ein paar Meter zurück und stößt dabei gegen Sven und den iPod, dessen Boxen scheppernd zu Boden knallen. Mone wankt leichenblass und wimmernd auf mich zu, wirft sich in meine Arme und fängt sofort an zu heulen. Einen Augenblick ist nichts außer Mones Schluchzen zu hören, auch die Zuschauer verhalten sich ruhig und blicken besorgt zu uns herüber.
»Na? Was seid ihr so stumm? Ich dachte, hier geht jetzt die Show ab? Marcel, du hast doch gesagt, hier wäre was los! Ach, wir kennen uns doch auch, oder? Hast du uns nicht gestern den Abend verdorben?«
Der Bullige, der in der Bahn vor mir stand, redet und zeigt mit dem Finger auf Metan.
»Kann mich nicht erinnern«, murmelt Metan und wird blass.
»Ich wusste nicht, dass ihr euch kennt«, stottert Marcel. »Äh, also, wir machen hier einen Wettkampf.« Er blickt verstört zu Mone herüber und der Bullige sieht's und herrscht sie an: »Kannst du mal mit dem Theater aufhören! Ist ja grausam!«
Mone winselt.
Er brüllt: »Schnauze! Sonst stopf ich dir das Maul!«
Schlagartig verstummt sie. Wir zucken zusammen. Wer es noch nicht begriffen hatte, weiß es jetzt. Das Spiel ist aus. Jetzt weht ein anderer Wind. Wir haben ein Problem. Und zwar ein großes. Die Zuschauer drängen sich aneinander,

blicken zu Boden. Sven macht sich hinter der Getränkekiste klein. Hendrik und Olli verlieren jegliche Gesichtsfarbe. Sogar Andreas und Bomber räuspern sich erschrocken.

Mich packt die Panik zuerst an den Füßen. Wohl wegen der Rollen. Die geben mir keinen festen Halt, und dann Mone, die ich stützen muss. Ich habe Angst umzukippen, einfach in Ohnmacht zu fallen.

»Was ist, Marcel?«, fragt der Bullige.

»Ja«, bringt Marcel mühsam hervor. »Es ist ein Wettkampf . . .«

»Wissen wir doch, und weiter?«

»W-w-wer die schnellste Runde dreht, vorwärts und rückwärts und mit Sprung, der hat gewonnen. Das nennt sich Extreme-Roof-Skating, äh . . .«

»Ja, dann fangt doch mal endlich an!«, schnauzt der Bullige, während die anderen mit Freude die Bierdosen, die als Preise gedacht waren, entdecken und aufreißen.

»Ey, Kranich, warte, du bist noch nicht dran mit Trinken!«, befiehlt der Anführer und reißt dem, den er mit Kranich angeredet hat, die Dose aus der Hand.

»Hey, du hast ja noch gar keine Rollschuhe an, Türke!«, pfeift er als Nächstes und zeigt auf Metans Füße. »Was soll das? Mach voran!«

»Er macht nicht mit, er ist der Schiedsrichter«, sage ich leise.

»Ach nee. Ich dachte, wir sind die Schiedsrichter!«

Er lacht laut und die anderen grölen mit.

»Verdammt«, flüstert Olli. »Was machen wir denn jetzt?«
Ich blicke Hilfe suchend zu Hendrik, aber dessen große Klappe ist versiegt, einzig sein Blick sagt: »Ich hab's gewusst, das gibt nur Ärger. Ich hab's gewusst, aber ihr wolltet ja nicht auf mich hören!«
Mone bewegt sich in meinen Armen gar nicht mehr, ist leblos wie ein Käfer in Totenstarre und ich werde auch schon ganz steif vor Angst.
»Ja, was ist? Wollt ihr nicht mal anfangen?« Der Bullige setzt die Dose wieder an, gibt Marcel ein Zeichen.
»Du tönst groß rum, ihr würdet was losmachen, und dann läuft nichts!«
»Woher kennt ihr euch?«, fragt Andreas, aber er bekommt keine Antwort.
»Los, hier. Marcel gegen dich hier.« Er zeigt auf Hendrik.
»Ich?«, fragt Hendrik und wird noch weißer, als er schon ist.
»Ja, klar, ab geht's. Und du, Türke, zieh endlich deine Rollschuhe an, wird's bald?«
»Ich bin verletzt, ich kann nicht fahren«, antwortet Metan, die Antwort ist Lachen.
»Ich geb dir zwei Minuten. Dann will ich was sehen. Runde rückwärts oder so. Na los, zeig, was du kannst.«
Metan schluckt, steht einen Moment stocksteif, dann werden seine Augen zu Schlitzen und er humpelt hastig auf die Feuerleiter zu.
»Hier wird nicht abgehauen!«, brüllt der Bullige.

Metan dreht sich um, bückt sich, packt die oberste Sprosse, setzt den Fuß nach unten, aber in dem Moment stürzen die anderen beiden auf ihn zu.
»Haut ab!«, schreit Metan mit sich überschlagender Stimme. »Hilfe!«
Sie packen ihn an den Armen. Metan wehrt sich, sie schlagen ihm ins Gesicht. Der Stoß ist so stark, dass er nach hinten kippt.
»Hilfe!«, kreischt Metan. Er fällt, die beiden halten ihn an den Armen fest, er hängt halb überm Dach, halb überm Abgrund, er blutet aus der Nase, seine Füße baumeln in der Luft.
»Willst du immer noch abhauen?«, fragt ihn der Bullige. »Sollen wir dich sofort runterlassen, hä?«
Keine Antwort.
Wir rühren uns nicht. Niemand. Wir sind wie gelähmt.
»Na, was ist?«
Metan hebt den Kopf. Die schwarzen Locken fallen ihm in die Stirn, er weint, er ist blutverschmiert und totenbleich. Mir schießen auch die Tränen in die Augen. Das können die doch nicht machen!
»Lasst ihn in Ruhe!«
Ich weiß nicht, wer das gerufen hat. Ich? Oder jemand anderes?
Der Bullige dreht sich zu uns um, grinst.
»Wir wollen alle weitermachen. Also, sagt dem Türken, er soll kein Spielverderber sein!«

»Ihr . . . ihr . . . ihr kriegt genug zu sehen. W-w-wir machen jetzt den St-st-affellauf und . . .« Marcel stottert noch mehr.

»Ja, aber zackig!«

Der Bullige gibt den beiden anderen ein Zeichen und sie ziehen Metan ein Stück herauf.

»Du das auch kapieren?«, wendet er sich an Metan.

Und Metan nickt. Nickt mit geschlossenen Augen. Ich habe noch nie etwas Erbärmlicheres gesehen.

»Gut.«

Der Anführer zeigt auf die Stoppuhr, die Armin immer noch sinnlos in der Hand hält, und bekommt sie sogleich.

»Los! Marcel und du. Wie heißt du?«

»Ich?«, macht Hendrik wieder.

»Das ist Hendrik«, antwortet Marcel für ihn.

»Das ist mir scheißegal, wie der heißt, er soll fahren!«, brüllt der Anführer und Marcel zuckt völlig zusammen, guckt dann Hendrik an und flüstert: »Fahren wir lieber. Komm!«

»Ich fahr nicht. So macht das keinen Spaß. Ich fahr nicht.« Hendrik verschränkt die Arme vor der Brust und rührt sich nicht.

»Ach, das macht keinen Spaß?«, äfft ihn der Bullige nach. »Willst du etwa auch ein Spielverderber sein?«, sülzt er zuckersüß. »Was macht dir denn keinen Spaß? Kommst du nicht aus dem Quark? Soll ich dir vielleicht Beine machen?«

Hendrik schweigt, da antwortet Metan sehr leise: »Dass ihr da seid. Das macht keinen Spaß.« Er kann kaum sprechen, es ist mehr ein Lallen.
»So?« Der Bullige macht einen Schritt auf Metan zu und tritt ihm mit Wucht in den Bauch.
Metan schreit auf und die anderen beiden sind schon wieder links und rechts von ihm, packen ihn und ziehen ihn zum Rand.
»Sollen wir ihn runterwerfen, Boss?«
»Nein, er soll fahren!«, brüllt der. Und dann zu Metan: »Du hast ja deine Rollschuhe noch nicht angezogen? Du das nicht schaffen? Oder du das nicht verstehen?« Sein Ton wird noch harscher. »Wird's bald? Nimm die von Bomber, die passen dir bestimmt.«
Bomber reißt die Augen auf, den Mund, will was sagen, fängt sich aber einen Blick von den beiden Schlägern ein und bückt sich schnell, um seine Schuhe aufzuschnüren.
»K-K-Kalle, lass doch«, versucht Marcel einzuschreiten, aber Kalle lässt es nicht, er fängt erst richtig an.
»Komm, laber nicht, Marcel! Fahr endlich! Wir beide hier haben noch 'ne Rechnung offen.«
Marcel blickt wieder zu Hendrik und der nickt.
»Besser wir fahren jetzt«, flüstert er. »Wegen Metan.«
Und dann fahren sie, ganz langsam bewegen sie sich die Bahn entlang, diesmal ruft niemand, niemand klatscht und selbst Armin pfeift nicht, Armin, der Mann mit der großen Klappe steht völlig versteinert da und rührt sich

nicht. Auch unsere Zuschauer sind in Bewegungsunfähigkeit verfallen, sie sind so still, als wären sie gar nicht anwesend.

»Fahrt schneller, ihr Loser!«, brüllt Kalle und einer raunt ihm zu: »Boss, wir müssen den Verlierer mit leeren Bierdosen bewerfen, das bringt's.«

»Gute Idee, Kranich!« Kalle schlägt ihm auf die Schulter und der Dritte greift sogleich zu den Dosen, die auf dem Boden liegen.

»Vorsicht!«, schreit Olli, aber Hendrik und Marcel kommen gerade auf der Zielgerade heran, als die ersten Dosen fliegen. Das sind nicht nur leere. Da sind auch volle dabei. Die erste poltert auf Marcel zu, sodass er gerade noch ausweichen kann, die zweite trifft Hendrik an der Brust, und die war halb voll, das Bier spritzt durch die Luft, während Hendrik sofort nach vorne stürzt und auf den Boden fällt.

»Aufhören!«, brüllt Andreas und versucht den, der Kranich heißt, am Werfen zu hindern.

»Nimm deine Finger weg, sonst fährst du gleich!«, motzt der ihn an und Andreas blickt Armin an, Armin schweigt.

»Okay, hört auf zu werfen! Ich glaube, sie haben kapiert. Nächste Runde.«

Hendrik kommt langsam heran, er hält sich eine Hand vor die Brust, atmet schwer, hat eine aufgerissene Jeans und blutige Knie.

»Was wollt ihr eigentlich?«, keucht er verzweifelt. »Was wollt ihr von uns?«

»Nur ein bisschen Spaß haben wie ihr auch«, antwortet Kalle oberfreundlich und schlägt ihm auf die Schulter. »Nicht rumschwächeln, Alter, gleich bist du wieder fit. Was ist jetzt mit unserem Freund?«

Er blickt zu Metan, der am Dachrand sitzt, den Kopf in den Händen vergraben, vor sich Bombers Schuhe.

»Bist du bald fertig da?«

Metan zuckt zusammen, hebt den Kopf, sucht mit dem Blick seine Freunde, uns.

Plötzlich steht Kalle vor mir. »Was glotzt du mich böse an? Willst du auch mal?«

Ich zucke mit den Schultern, antworte nicht. Kalle kommt näher, berührt mich fast. »Gestern Abend hattest du die große Klappe und jetzt?« Er streckt seine Hände nach mir aus, will mich anfassen, da kreischt Mone, die sich noch an mir festhält, mit einer so schrillen Stimme, dass alle zusammenfahren: »Pack meine Freundin nicht an, du Saftsack!«

Einen Moment sind alle still, sogar der Kranich hört auf zu schlucken und lässt das Bier an seinem Kinn herunterlaufen.

Kalle guckt Mone an und fragt: »Wie geht's deiner Höhenangst?«

Mone wird wieder bleich, drückt mir die Luft ab, so klammert sie sich an mich.

»Alles klar? Haben wir uns verstanden?«, fragt er leise. Dann lauter: »Also, hört auf aufzumucken! Das bringt's nämlich nicht.« Er wendet sich an Olli, der gerade den

Mund geöffnet hat, um etwas zu sagen. »Los. Mach dich fertig. Du fährst gegen den Türken. Das ist doch was Feines, oder?«
»Metan wird nicht fahren«, sagt Olli.
»Nein«, lacht Kalle und gibt seinen Leuten einen Wink mit dem Kopf. »Er springt lieber freiwillig vom Dach.«
Schon sind sie bei ihm, drängen ihn in die Ecke.
Verdammt, selbst wenn wir uns jetzt alle zusammentun, haben sie uns in der Gewalt. Sie würden ihn einfach runterwerfen, das traue ich ihnen zu. Metan weiß das auch. Mit zitternden Händen zieht er seine Turnschuhe aus und die Rollschuhe von Bomber an, er zittert so stark, dass die Jeans um seine Beine schlottern.
»Ihr könnt machen, was ihr wollt. Ich fahr nicht«, sagt Olli plötzlich, setzt sich auf den Boden, beginnt, die Schuhe aufzuschnüren.
»Was?«, schreit Kalle. »Warum fährst du nicht?«
»Er ist verletzt. Das zählt nicht.«
»Oh, oh! Ist er dein Freund oder was?«
Olli zögert einen Moment, hebt den Kopf, guckt zu Metan hinüber, dann zu Kalle, der jetzt direkt vor ihm steht und eine Geste macht, als wolle er ihm mit dem Stiefel ins Gesicht treten.
»Was ist? Willst du kneifen? Oder liegt dir so viel an dem da? Dieses Ölauge mischt sich einfach in unsere Angelegenheiten ein und verdirbt uns das ganze Wochenende!«
Olli schweigt, hält die Schnürbänder umklammert.

»Was ist jetzt?« Kalle spuckt beim Sprechen. »Ist er dein Freund oder was?« Seine Stimme wird schwuchtelmäßig-weibisch. Seine Augen sprühen vor Hohn.

»Ja, er ist mein Freund«, sagt Olli laut und ohne jemanden anzusehen. Dann schnürt er energisch seine Schuhe auf.

Mir wird warm vor Glück. Ich könnte Olli für diesen Satz küssen, ihm alles verzeihen, so viel Unsinn er auch redet, er ist ein lieber Kerl, das wusste ich doch immer.

»So, so, dein Freund«, wiederholt Kalle gefährlich ruhig.

Ich fürchte das Schlimmste, halte den Atem an. Für einen Moment scheint die Zeit stehen zu bleiben, unerträgliches, angespanntes Schweigen. Gleich muss die Explosion kommen, der Knall, der Ausbruch, gleich.

Olli streift sich geräuschvoll die Inlineskates ab und wirft sie Kalle vor die Füße. Jetzt:

Nichts.

Gar nichts.

Ich traue meinen Augen nicht, denn da dreht sich Kalle von Olli ab und sagt leichthin: »Dann fährt der Türke halt gegen jemand anderen.«

Das ist die Chance, denke ich, das jetzt, das ist der einzige Moment, in dem wir uns retten können. Ich rufe: »Fahr du doch selbst, wenn du dich traust. Komm, ich fahre gegen dich oder hast du Schiss? Kannst du nicht fahren?«

Ich spüre, wie Mones Finger sich in meinen Oberarm krallen. Bist du völlig übergeschnappt?, heißt das. Ich rühre mich nicht. Ich muss dabeibleiben, ich muss einfach.

Kalle kommt ins Grübeln: »Glaubst du etwa, ich kann das nicht?«
»Sieht so aus«, entgegne ich.
Ich werde dranbleiben. Jetzt oder nie.
»Gib her die Teile.« Kalle tritt Hendrik mit dem Fuß und der reagiert sofort.
»Und was ist mit euch?«, frage ich die anderen beiden. »Könnt ihr auch was? Oder seid ihr nur die Handlanger?«
»Willst du Stunk machen?«, schnauzt Kranich, aber auf einmal werden meine Leute wach.
»Los«, sagt Andreas. »Kranich, du kriegst meine. Chris, du kannst die von Olli nehmen, die haben deine Größe.«
»Ich fahr nicht«, sträubt sich Chris, aber Kalle herrscht ihn an: »Kneif nicht, wir zeigen der Tussi, was 'ne Harke ist!«
Mein Mut ist gleich wieder weg. Ich weiß doch gar nicht, ob Kalle gut fahren kann oder nicht. Wie komme ich nur dazu zu glauben, dass der Bullige auf Rollen nur noch halb so gefährlich ist? Der kann doch ganz üble Tricks draufhaben. Was habe ich da nur angezettelt?
»Na los.« Kalle ist startklar, stellt sich in Position. »Wir beide. Komm.«
Ich mache einen Schritt auf die Startlinie zu. Da springt Olli auf, taumelig, mit halb ausgezogenen Schuhen.
»Lass mich für Vivi fahren!«, bittet er.
»Du bist gleich dran, Crack«, weist Kalle ihn barsch zurück und versetzt mir einen leichten Hieb in die Seite.
»Fahren wir!«

Er saust los. Ohne Anpfiff, ohne Startzeichen, und ich mache nach einer Schrecksekunde, dass ich hinterherkomme.
Kalle ist stark. Kalle ist kräftig. Kalle ist schnell.
Er ist vor mir. Geht schon in die Kurve zur langen Geraden, bremst aber ab, genau so, wie es Olli vorhin mir vorgehalten hat. Du bremst aus Angst, hat er gesagt. Also hat Kalle auch Angst und . . .
Moment mal, wie bremst der denn? Als wolle er sich die Beine verknoten!
Er ist nicht so geschickt wie ich. Das ist meine Chance.
Ich bin kein Muskelmann, aber ich bin im Training, ich bin ein Profi.
Da ist die Kurve. Ich jage herum, ihm nach, vermindere kaum meine Geschwindigkeit, sondern packe meinen ganzen Schwung und lege ihn in die Längsseite. Augenblicklich ist der Abstand zwischen uns kleiner und ich fasse meine ganze Kraft zusammen. Links die Zuschauer, rechts der Himmel.
Der Abstand zwischen uns wird immer geringer.
Die Zuschauer schreien wieder, sind aus ihrer Starre erwacht:
»Vivi, Vivi, wir wollen Vivi!«
»Mach ihn fertig, Vivi!«
»Vivi, du kriegst ihn!«
Die Schreie flößen mir Mut ein, machen mich schnell.
»Vivi, du kriegst ihn!«

Ja, ich werde gewinnen, ich werde es schaffen.

Kurz vor der Kurve am Ende der Längsseite ist es so weit.

Ich überhole rechts außen am Rand.

Noch ein paar Meter bis zum Dachende.

Ich: bin schnell, gut, auf gleicher Höhe mit ihm –

Er: schnauft, guckt –

da bin

ich: schon an ihm vorbei, schere links rüber, auf äußerer Bahnlinie –

Noch ein Meter bis zum Dachende.

Ich: schneide ihm den Weg ab, bin vor ihm, schlage mit den Armen,

sodass

er: nichts mehr sieht und

weiter-, weiterfährt, während –

ich: schon um die Kurve, dagegen

er: weiter, schreit, stoppt, will drehen, zu spät

er: kann nicht, wendet nicht, sondern greift nach mir:

ich: ducke mich weg, bevor –

er: trudelt, taumelt –

da bin ich aber schon weg, halte an und sehe ihn klatschend auf die Nase fallen.

Er schreit, ich schnappe nach Luft. Es ist vorbei. Ich habe gesiegt. Das Herz schlägt mir bis zum Hals, ich keuche, weiß nicht, was ich tun soll, gut, dass Hendrik und Olli sofort angerannt kommen. Auch die Zuschauer kommen lärmend heran, alle kommen sie und bilden einen Kreis um

Kalle, der am Dachrand liegt. Als er es merkt, versucht er schnell aufzuspringen, stolpert aber über seine eigenen Füße und verliert noch einmal das Gleichgewicht.
Mein Herzschlag normalisiert sich, ich kann wieder atmen. Alles ist gut gegangen. Er wird sich entschuldigen müssen und sich dann von selbst verziehen.
»Werft ihn runter!«, schreit da eine Mädchenstimme. Ich schrecke zusammen. Das ist ja wohl ein Scherz.
»Was soll das?«, brüllen Kranich und Chris gleichzeitig, aber sie bleiben im Hintergrund, sehen gleich, dass sich die Lage verändert hat. Alle drei stecken in Rollschuhen, mit denen sie nicht umgehen können, alle drei haben viel Bier getrunken. Kalle ist an den Rand gedrängt. Wir halten ihn in Schach. Unsere Gruppe ist endlich entschlossen, sich zu wehren. Jeder von uns. Niemand hat es ausgesprochen, aber alle wissen es. Wir haben das Rennen gewonnen und wir werden uns nichts mehr gefallen lassen.
Chris und Kranich zögern.
»Werft ihn runter!«, schreit plötzlich wieder die Mädchenstimme. Da sehe ich: Es ist Mone. Ihr Gesicht ist kalkweiß, ihre Augen sind aufgerissen, flackern wild, ihre Stimme schrillt in meinen Ohren: »Die haben über meine Höhenangst gelacht, die haben mich hier raufgetrieben wie ein Stück Vieh! Ich hab Todesangst gehabt!« Die Tränen laufen ihr die Wangen herunter, aber sie kreischt weiter: »Ihr Arschlöcher! Ich hasse euch!« Sie fuchtelt mit den Armen,

zeigt auf Kalle: »Wir müssen ihn runterwerfen! Ihr seid meine Freunde! Werft ihn runter!«
»Mone!«, flüstere ich entsetzt und ergreife ihren Arm. Das kann sie nicht ernst meinen. Doch sie schüttelt mich ab.
»Werft ihn runter!«, wiederholt sie außer sich.
»Laber doch nicht!«, brüllt Kalle wütend, merkt aber, in welcher Lage er sich befindet, und hält den Mund.
»Ich laber nicht!«, gibt sie zurück. »Ich mach Ernst, genau wie du!«
»Mone, beruhig dich!«, versuche ich es wieder, aber sie nimmt mich gar nicht wahr, sie zittert, sie heult und zeigt mit beiden Armen auf Kalle. Im Augenwinkel seh ich, wie meine Freunde miteinander tuscheln, auch Kranich und Chris stecken kurz die Köpfe zusammen, dann streifen sie schnell die Inlineskates ab und machen sich in Richtung Feuerleiter davon.
»Hey, Leute!«, brüllt Kalle ihnen hinterher. »Ihr wollt euch doch jetzt nicht verpissen! Hey! Lasst mich nicht allein mit diesen Verrückten!«
Sie hören nicht auf ihn. Sie denken nur an sich.
»Wir schmeißen dich jetzt runter, dann bist du gleich bei ihnen«, giftet Mone und macht einen Schritt auf Kalle zu.
Ich versuche, sie festzuhalten, Kalle schreit: »Schafft die hysterische Kuh weg, sonst zieh ich sie mit runter!«
»Hilf mir mal einer!«, rufe ich, da sind glücklicherweise die anderen bei mir, gemeinsam ziehen wir Mone ein paar Meter nach hinten zurück und Marcel flüstert mir ins

Ohr: »Wir tun mal so, als wollten wir ihn wirklich runterwerfen. Wir jagen ihm ordentlich Angst ein. Das hat er verdient.«
»Und dann?«
»Nichts dann«, flüstert Marcel. »Dann sieht er mal. An den Tag wird er ewig denken. So was macht er nie wieder. Pass nur auf Mone auf, sie ist nicht ganz dicht.«
Ich nicke und gemeinsam mit Anne, Yvonne und Mira halte ich Mone fest, bringe sie sogar dazu, sich mit uns auf den Boden zu setzen.
»Was ist jetzt, Leute?«, ruft Marcel.
»Wir können ihn nicht einfach laufen lassen«, antwortet Armin.
»Guckt euch Mone und Metan an, das können wir nicht auf uns sitzen lassen.« Armin ballt die Fäuste. »Außerdem: Wer weiß, ob er sich nicht rächt, wenn wir ihn gehen lassen.«
»Genau. Wir müssen ihn unschädlich machen«, ruft Olli.
»Spinnt ihr?«, schreit Sven, er steht als Einziger etwas abseits und hat den Plan noch nicht mitbekommen. Karsten rennt sofort zu ihm, um ihn einzuweihen, aber ich denke, dass Sven zum ersten Mal etwas gesagt hat, was nicht Ollis Meinung entspricht.
»Merkt doch keiner«, zischt Andreas höhnisch und tritt einen Schritt vor. »Merkt kein Mensch. Er wollte abhauen, ist gefallen, unglücklich.«
»Genau!«, ruft Olli wieder. Auch er macht einen Schritt

auf Kalle zu und schließt den Kreis damit enger. »Verdammt, glaubt ihr, die hätten auf uns Rücksicht genommen?«
Kalle sagt nichts. Die Spucke bleibt ihm im Hals stecken, die Augen sind panisch geweitet, der Körper eng an das Dach gekrallt, als wolle er sich so retten, eins werden mit dem Dach, von dem er vor ein paar Minuten noch Metan stürzen wollte.
Da regt sich Mone in meinen Armen. Sie hebt ruckartig den Kopf, blickt erschrocken zu den anderen, die stumm um Kalle herumstehen und Gesichter machen, als warteten sie wirklich auf den richtigen Augenblick, ihn hinunterzustoßen.
»Nein!«, schreit Mone panisch. »Nein, ich will das nicht!« Sie schüttelt mich, stammelt: »Vivi, das meinte ich nicht so, das machen wir doch jetzt nicht, oder?«
»Nein«, sage ich laut und nicht ohne Stolz. »Wir machen es nicht, Mone. Wir hatten es gar nicht vor. Wir wollten ihm nur was zeigen. Genug, lassen wir ihn gehen.«
Ich blicke zu den anderen, sie nicken. Ich sehe, dass sie erleichtert sind. Wir haben Kalle Angst eingejagt, das ist gut, aber jetzt reicht es, wir können aufhören.
Kalle versteht noch nichts, er hat Mund und Augen aufgerissen.
»Gehen wir!«, sagt Metan. »Ich kann das Dach hier nicht mehr sehen.«
»Ich habe auch genug«, bestätigt Olli, dann legt er den

Arm um Metan und sie gehen langsam auf die Feuerleiter zu.
Der Kreis löst sich rasch auf, meine Freunde verteilen sich auf dem Dach, ziehen ihre Rollschuhe aus oder packen ihre Rucksäcke. Nur Kalle hockt noch immer wie ein ängstliches Kaninchen am Dachrand. Niemand kommt auf den Gedanken, das unterbrochene Rennen weiterzuführen. Alle wollen nur noch eins: nach Hause.
Metan hat jetzt die Leiter erreicht, er sucht ein paar Sachen zusammen, gleich wird er absteigen und so werden wir nacheinander alle in unser normales Leben zurückkehren, wir werden uns duschen, uns vor den Fernseher setzen und heute Nacht noch einmal schlecht träumen, vielleicht auch nicht.
»Vivi!«, flüstert Mone plötzlich. Auch bei ihr wird es jetzt wieder gut werden. Natürlich meinte Mone das mit Kalle nicht so. Das würde auch gar nicht zu ihr passen. Sie ist einfach durchgedreht.
»Vivi!« Ihre Stimme wird wieder lauter, schriller. Sie zeigt auf Metan, der an der Leiter steht.
»Es ist alles vorbei, Mone. Wir gehen jetzt nach Hause.«
»Nein, das geht nicht«, stammelt sie. »Die . . . die Leiter, die hält uns nicht mehr. Nicht all diese Leute. Ich bin gerade als eine der Letzten rauf. Da hat sie schon gewackelt.«
»Ist gut, Mone«, wiegele ich ab. Die Arme ist immer noch ganz durcheinander.
Kalle dagegen fängt sich langsam wieder, das Leben kehrt

in seine Augen zurück, er registriert, dass Sven gerade ein Foto von ihm schießt, dass aber der Weg zur Leiter frei ist, und da springt er auf und rennt, soweit es die Rollschuhe zulassen, Richtung Abgang.

»Vivi, die Leiter!«, beschwört mich Mone und ich blicke nach vorne, wo sich Olli und Metan gerade verabschieden. Metan dreht sich um, bückt sich, will absteigen, winkt noch mal und sieht Kalle auf sich zupoltern.

»Metan!«, rufe ich.

Blitzschnell weicht er aus, lässt Kalle an sich vorbei, dieser stürzt sich mit den Inlineskates an den Füßen in panischer Flucht auf die Leiter.

»Sie wird ihn nicht halten«, ruft Mone. »Ich weiß es, Vivi. Sie hält nicht mehr.«

Da bekomme ich auch Angst, ich lasse Mone allein, rase los, hin zu Metan und Olli, die am Kopf der Leiter stehen und zusehen, wie Kalle hastig und ungeschickt nach unten steigt. Er verfängt sich mit den Inlineskates bei jedem Schritt in den Stufen, er ist schon fast unten, ein paar Sprossen noch, doch die Leiter wackelt wie verrückt.

»Vorsicht!«, rufe ich ihm zu. »Die Leiter! Pass auf, dass . . .!«

Ich führe meinen Satz nicht zu Ende.

Kalle schreit.

Kapitel 11

»Oh nein!«, entfährt es mir.

»Es kann nicht viel passiert sein«, ruft Olli erschrocken. »Er war ja fast unten.«
»Was ist los?« Die anderen eilen herbei, Kalle liegt auf dem Boden, hält sein linkes Bein und heult wie ein Wolf.
»Er ist abgerutscht«, sagt Metan knapp, aber mich packt plötzlich die Verzweiflung, ich schreie: »Habt ihr nicht gesehen, wie er da runtergepoltert ist? Er hat beim Abstieg die halbe Leiter aus der Verankerung gerissen! Mone hatte recht. Mone hat sich das nicht eingebildet. Aber wir müssen doch wieder runter! Ich will jetzt runter!«
»Beruhig dich, Vivi. Einer klettert runter und guckt, ob alles in Ordnung ist! Wenn wirklich was nicht stimmt, kann der ja dann Hilfe holen!«, sagt Olli und legt kurz den Arm um meine Schulter.
Ich nicke, da widerspricht Hendrik: »Wenn sie einen hält, hält sie die anderen auch!«
»Spinnst du? Weißt du, wie viele Leute wir hier oben sind?«
»Und wer soll ausprobieren, ob sie hält? Wer macht freiwillig das Versuchskaninchen für die anderen?«, ruft Hendrik.
Ich schließe die Augen. Einen Augenblick will ich nicht zu Kalle hinuntersehen, nicht auf die Stimmen meiner Freunde hören, die sich darüber streiten, was jetzt gemacht werden soll. Ich denke wehmütig an all die schönen Bilder aus Ollis Extrembuch, an den blauen Himmel und den aufwirbelnden Schnee, an die Wasserfälle in Afrika und die bunten Segel der Drachenflieger im Grand Canyon.
Bei uns ist alles schiefgelaufen. Nicht nur weil die Typen

uns gestört haben, wir selbst haben ja auch angefangen, uns gegenseitig zu attackieren. Oder vielleicht lag es ja gar nicht an uns, vielleicht ist der ganze Extremsport Quatsch, egal, ob er im schneebedeckten Himalaja stattfindet oder auf einem öden Fabrikhallendach.

»Leute, wir können nicht ewig hier rumsitzen und warten. Hier findet uns kein Mensch!«, erklärt Olli.

»Und wer soll runterklettern?«, fragt Bomber.

»Ich bin leicht, ich bin geschickt und bin schon tausendmal da rauf- und runtergeklettert. Ich mach's«, sagt Olli.

Ich schrecke aus meinen Gedanken hoch.

»Unsinn!«, ruft Metan und will ihn festhalten, aber Olli ist entschlossen, er drängt Hendrik und Marcel von der Leiter weg und bückt sich, um abzusteigen.

»Olli!«, rufe ich. Plötzlich hab ich Angst um ihn, ich will auf ihn zulaufen, habe aber ganz vergessen, dass ich noch Rollschuhe anhabe, und lege mich voll auf die Nase.

Keiner lacht. Sonst lachen sie immer, wenn einem was Dummes passiert, aber diesmal gibt's nicht mal ein Grinsen, im Gegenteil, Marcel und Hendrik strecken die Hände aus, um mir hochzuhelfen, und Olli wartet einen Moment mit dem Abstieg.

Ich habe mir die Handballen aufgeratscht, die Tränen schießen mir in die Augen, nein, ich will jetzt nicht auch noch flennen, aber Olli hat's schon gesehen, er denkt wohl, es wäre seinetwegen, was weiß ich, was der denkt, er sagt: »Vivi! Ich komme da schon heile runter. Ich hab doch deine Uhr in meiner Hosentasche. Das ist mein Glücksbringer.«

Dann steigt er ab, langsam, und während alle anderen den Atem anhalten, heule ich los wie ein Schlosshund, ich kann mich nicht mehr beruhigen, auch nicht, als Metan mich in die Arme nimmt, auch nicht, als er mir ins Ohr flüstert, Olli sei schon in der Mitte, Olli werde es schaffen, Olli sei ganz vorsichtig, Olli werde sicher unten ankommen und sofort Hilfe holen, Olli sei jetzt schon fast unten . . .

»Olliiii!«

Metan will mich festhalten, aber ich fahre herum. Etwas knallt zu Boden.

»Olli!«, schreie ich. Die Leiter!

Er hängt in der Mitte. Hat die Arme um den oberen Teil der Leiter geschlungen. Seine Beine strampeln in der Luft. Der untere Teil ist unter ihm abgebrochen. Hat einfach nachgegeben und hätte ihn beinahe mit runtergerissen.

Wir halten den Atem an. Wir sind noch zu geschockt, um etwas zu sagen. Auch Kalle hat sich aufgerappelt und starrt fassungslos nach oben.

Olli zieht sich hoch, legt ein Knie auf die unterste Sprosse, greift dann weiter, setzt den Fuß auf. Die Leiter wackelt ein bisschen, aber sie hält. Olli hebt den Kopf zu uns, sagt etwas, zu leise, als dass wir es verstehen könnten.

Jetzt noch mal: »Ich komm wieder rauf!«

»Nein!«, schreit Hendrik. »Die bricht ab, wenn du dich bewegst! Bleib, wo du bist!«

»Die bricht auch so ab. Raufklettern ist seine einzige Chance«, flüstert Marcel.
Olli bewegt sich vorsichtig wieder nach oben, Zentimeter für Zentimeter zieht er sich an der Leiter hinauf.
»Halt durch, Olli, du schaffst es!«
»Mach ganz langsam, Olli!«
Alle blicken ihn an, so, als wollten sie ihn mit ihren Augen festhalten, Hendrik und Marcel legen sich flach auf den Bauch, strecken die Arme nach Olli aus, aber noch ist er nicht in Reichweite, noch können sie ihn nicht halten. Mir fällt mein Bungeesprung wieder ein. Es kommt mir vor, als wäre es Jahre her, dass ich da oben auf dem Kran stand, aber das Gefühl, in die Tiefe zu stürzen, das ist mir noch ganz deutlich in Erinnerung. Mir werden die Knie weich. Der Fall ging so schnell. Und Olli kommt so langsam vorwärts. Wäre doch Olli schon hier oben in Sicherheit!
»Gleich hast du's, komm, noch ein paar Sprossen, dann halten wir dich«, ermuntert ihn Marcel.
Ollis Gesicht ist rot. Schweiß steht auf seiner Stirn. Er keucht. Jetzt streckt er die Hand nach seinen Freunden aus. Der Abstand ist immer noch zu groß. Zwei Sprossen noch. Vielleicht drei. Er klettert weiter.
»Komm schon, Olli, ganz ruhig, du hast es gleich geschafft!«, ruft Metan.
Da wackelt die Leiter. Kurz, aber deutlich. Olli hält an. Guckt zu uns. Seine Lippen beben. Er schließt die Augen.

Plötzlich weiß ich: Auch er denkt an den Fall. Als könnte ich in seinen Kopf gucken, sehe ich ihn vor seinem inneren Auge den Bungeesprung wiederholen.
Sekunden vergehen.
Dann streckt Olli den Arm, streckt ihn
ganz lang – ganz, ganz lang – ganz langsam –
»Jetzt!«
Marcel und Hendrik greifen nach seinem linken Arm, den rechten nehmen Metan und Bomber, sie ziehen Olli aufs Dach, da liegt er, weint.
»Du hast es geschafft! Du hast es geschafft!«, ruft Metan mehrmals, auch er hat Tränen in den Augen und vor Freude fangen wir alle drei an zu weinen.

Jetzt müssen wir warten, bis uns jemand findet. Das kann dauern. Niemand ahnt, wo wir sind. Das Gelände liegt auch zu abgelegen, selbst wenn wir alle gleichzeitig laut um Hilfe riefen, würde uns kein Mensch hören. Die Stimmung auf dem Dach ist gedrückt. Bombers kleine Schwester, die sich die ganze Zeit nicht gemuckst hat, fängt plötzlich an zu quengeln, dass sie aufs Klo müsse. Svens Freund Karsten wiederholt in einem fort, dass er ausgerechnet heute sein Handy zu Hause gelassen habe. Anne und Mira frieren und Yvonne beobachtet die Wolken am Himmel, wobei sie mehrmals kopfschüttelnd murmelt: »Gleich fängt's auch noch an zu regnen.«

»Was macht der denn da?«, ruft Bomber plötzlich. »Der macht sich aus dem Staub! Hey!«
Kalle hat eine Eisenstange zum Abstützen gefunden und humpelt, das linke Bein hinter sich herziehend, über den Platz.
»Der verdrückt sich und wir sitzen hier oben fest.«
»Vielleicht holt er Hilfe«, hofft Marcel.
»Der? Nie im Leben.«
»Kalle!«, schreit Marcel. »Kalle! Wir kommen nicht wieder runter!«
Kalle reagiert nicht, Marcel schreit wieder, da dreht er sich um und hebt den Arm.
»Der lacht über uns«, flucht Andreas.
»Lass das alberne Geschrei, Marcel, das bringt doch nichts«, raunzt Bomber ihn an.
Marcel wird verlegen und wendet sich ab. Wir anderen sehen Kalle nach, bis er mit seiner Krücke aus dem Blickfeld verschwunden ist.
Danach sagt niemand mehr etwas. Mone hat den Kopf an Annes Schulter gelegt und die Augen geschlossen, Hendrik kaut auf seiner Lippe herum, Olli putzt sich die Nase und Metan zeichnet mit dem Finger unsichtbare Muster auf das Teerdach.
Einmal stellt Sven die Musik an, wird aber sofort von allen Seiten angepflaumt: »Mach die Mucke aus!«
Niemand von uns könnte jetzt Musik ertragen oder sich unterhalten. Jeder will seine Ruhe. Wir sind erschöpft, wir sind gereizt, wir sind am Ende.

Meine Gedanken kreisen wieder um Hendriks Extremsport-Buch. »*Auf ins Abenteuer*«, lautete der Titel. Da sind wir also jetzt angekommen, mitten im Abenteuer: Wir hocken auf einem hässlichen Fabrikdach, es regnet, es ist kalt und es ist völlig frustrierend.

»Das Fieseste ist, dass wir jetzt auf Hilfe warten müssen«, sagt Hendrik düster. »Ich wollte allein etwas schaffen und nicht von meiner Mama vom Dach gehoben werden.«

»Oh Mann, ich wäre saufroh, wenn meine Eltern kämen!«, rufe ich aus und bin gleichzeitig erstaunt über mich selbst. Alle sehen mich überrascht an, aber ich weiß in diesem Moment, dass es stimmt. Was immer ich sonst über meine Eltern sage, jetzt wäre ich glücklich, sie zu sehen. Die anderen stellen keine Fragen, aber ich habe trotzdem das Bedürfnis, es ihnen zu erklären. Ihnen zu sagen, warum ich meine Meinung geändert habe. Zuerst weiß ich nicht, wie, aber dann öffne ich den Mund und die Gedanken, die sich die ganze Zeit in meinem Kopf geformt haben, bahnen sich einfach ihren Weg.

»Ich hab mir eingebildet, dass wir hier was ganz Großes erleben könnten. Eigene Grenzen, Erfahrungen, Entscheidungen und so. Klar habe ich den Kick gespürt, und das war auch toll, aber nach ein paar Minuten war das ganze Glücksgefühl wieder weg. Voll die Leere. Und die ist nachm Extremerlebnis noch leerer als vorher. Das Einzige, was ich wirklich stark fand, war, als . . .«

»Oh, Vivi, laber nicht so viel«, unterbricht mich Hendrik

heftig. »Es ist alles nur deshalb Mist, weil wir hier nicht von selbst wieder runterkommen. Hätten wir's geschafft, wäre es total geil gewesen.«
Ich will ihm widersprechen, da braust Marcel auf: »Mann, Hendrik, du bist vielleicht bescheuert! Und was ist mit Olli? Der wäre gerade beinahe abgestürzt! Wärst *du* doch runtergestiegen! Großes Maul haben und in wichtigen Situationen kneifen, das haben wir schon gerne! Du erzählst uns vom Adrenalinkick und bist selbst voll feige!«
»Genau, diese ganze Aktion war ein hirnverbrannter Schwachsinn!«, meldet sich Mone.
Sie fangen an sich zu streiten, werden lauter.
»Was macht ihr mich eigentlich alle an?«, keift Hendrik. »Ihr wart doch selbst dabei!«
Beleidigt dreht er sich um, rennt auf die andere Dachseite und setzt sich auf den Boden.
»Abhauen und schmollen ist ja wohl oberarm!«, brüllt Olli ihm noch nach, doch da springt Hendrik plötzlich wie eine Rakete in die Luft, winkt, ruft und rudert mit den Armen.
»Es kommt jemand!«, ruft Olli außer sich. Er vergisst seine Wut, rennt zu Hendrik und umarmt ihn vor Glück. Wir anderen folgen ihm sofort, jubeln.

»Die Feuerwehr ist da«, wiederholt Olli immer wieder und schüttelt ungläubig den Kopf. »Ich glaub's nicht!«
Ich bin genauso überrascht.

»Wie haben sie uns wohl so schnell gefunden?«, frage ich Metan.
»Marcel meint, dieser Kalle hätte denen Bescheid gesagt. Sicher ist das möglich. Es weiß ja sonst keiner, dass wir hier oben sind. Aber trotzdem kann ich das nicht glauben.«
»Vielleicht hat er auch seine guten Seiten«, sage ich leichthin, doch Metan verzieht so verkrampft das Gesicht, dass ich mir schnell auf die Zunge beiße. Was Kalle mit ihm und Kathrin gemacht hat, ist unverzeihlich. Das darf ich nicht vergessen. Ich werde auf jeden Fall die Zeugenaussage für Kathrins Vater machen. Schon damit Chris und Kranich nicht davonkommen.
»Ach, Metan«, seufze ich und lehne den Kopf an seine Schulter.
»Ach, Vivi«, antwortet er. »Vivi?«
»Ja?«
»Was fandest du denn stark?«
»Wieso?«
»Du wolltest doch vorhin noch was sagen.«
»Ach so.« Ich zögere einen Moment. Ich will nicht wieder als Laberheini dastehen. Aber Metan scheint es wirklich zu interessieren, was ich denke.
»Ich fand's stark, dass wir trotz allem, was passiert ist, Freunde geblieben sind. Du und Olli zum Beispiel. Aber auch wir beide.«
»Ja«, sagt Metan leise und legt den Arm um meine Schultern. So stehen wir, bis wir vom Dach geholt werden.

Kapitel 12

16-Jährige in der S-Bahn ausgeraubt – Jugendliche zeigten Zivilcourage

Dortmund. (Kri) Nicht weggesehen haben fünf 13- bis 15-jährige Jugendliche, als eine 16-jährige Schülerin am Freitagabend gegen 23 Uhr in der Essener S-Bahn von drei Männern sexuell belästigt und ausgeplündert wurde. Die drei 18- bis 20-jährigen Männer hatten die Schülerin während der Fahrt zum Hauptbahnhof unsittlich berührt und eine Geldbörse mit dreißig Euro und einer EC-Karte entwendet. Auf die Hilferufe der Schülerin hin griffen die fünf Jugendlichen vorbildlich ein und vertrieben die Täter. Die Eltern der Schülerin stellten Strafanzeige gegen die drei Männer.

Inlineskating auf zehn Meter hohem Hallendach – Lebensmüde Chaoten mit Hubschrauber gerettet

Dortmund. (Kri) Lebensmüde Chaoten hielten am Sonntag die Feuerwehr in Atem. Die 17 Jugendlichen zwischen 12 und 15 Jahren waren über eine alte Feuerleiter auf das zehn Meter hohe Dach der Lagerhalle einer ehemaligen Fabrik im Süden der Stadt gestiegen, um dort ein Wettrennen im Inlineskating auszutragen. Als einer der Jugendlichen wieder absteigen wollte, gab die Leiter unter ihm nach. Zwar konnte sich der Junge mit Mühe und Not wieder auf das Dach retten, der Abstieg für die anderen über die Feuerleiter war jedoch nicht mehr möglich. Ein junger Mann von einer anderen, mit den Chaoten verfeindeten Jugendbande gab der Feuerwehr schließlich den rettenden Hinweis.

Mein Vater hat die beiden Zeitungsartikel, die sie über uns gebracht haben, ausgeschnitten, eingerahmt und im Wohnzimmer aufgehängt. Ein paar Mal hat er mir und Metan vorgeschlagen, zur Redaktion zu gehen und die Leute aufzuklären, dass die »lebensmüden Chaoten« und die »vorbildlichen Jugendlichen« genau dieselben Menschen sind. Aber wir waren dann doch zu faul dazu.
Es gibt wichtigere Dinge im Leben.

Jürgen Banscherus

Das Lächeln der Spinne

Simon Laub führt eigentlich das normale Leben eines 13-Jährigen. Doch dann wird er plötzlich bedroht, während seine Mutter als Polizistin nach illegalen ukrainischen Jugendlichen sucht. Simon hat das Gefühl, als habe jemand ein Netz über ihm ausgeworfen, das nun zugezogen wird. Aber welche Spinne in diesem Netz lauert und was für ein perfides Spiel sie spielt – das hätte er sich in seinen schlimmsten Träumen nicht ausmalen können.

240 Seiten • Arena-Taschenbuch
ISBN 978-3-401-50805-4

Asphaltroulette

Es ist ein gefährliches Spiel, zu dem sich der auf der Straße lebende Sven hinreißen lässt. In illegalen Autorennen tritt er gegen andere Jugendliche an und setzt damit sein Leben aufs Spiel. Nervenkitzel, die Sehnsucht nach Anerkennung, Langeweile und keine Perspektive – das scheinen die Gründe der meisten zu sein. Doch für Sven gibt es einen weiteren: Anne.

136 Seiten • Arena-Taschenbuch
ISBN 978-3-401-50806-1
www.arena-verlag.de

Jürgen Banscherus

November-schnee

Wie schnell aus Spiel bitterer Ernst wird, merken Lina, Tom und Jurij viel zu spät: Um sich ihren Traum von Australien verwirklichen zu können, planen sie den ganz großen Coup. Bis sie eines Tages nach einem Banküberfall auf der Flucht sind und sich die dramatischen Ereignisse uberschlagen ...

144 Seiten • Arena-Taschenbuch
ISBN 978-3-401-50807-8

Davids Versprechen

Nichts verraten, nicht darüber reden – was in der Familie geschieht, geht niemanden etwas an ... So hat er es versprochen. Und David hält das Versprechen. Doch dann kommt der Tag, an dem zu viel passiert. Der Tag, an dem David den Teufelskreis des Schweigens durchbricht und darüber spricht, was sein Vater ihm all die Jahre angetan hat.

136 Seiten • Arena-Taschenbuch
ISBN 978-3-401-50808-5
www.arena-verlag.de

Brigitte Blobel

Feuerprüfung

Wenn Freundschaft keine Regeln kennt

Früher waren Coco und Nelly ein Herz und eine Seele. Doch seit Cocos Unfall dreht sich alles nur noch um die ältere Schwester. Da kommt Nelly die neue Aufmerksamkeit von Mädchenschwarm Tomke gerade recht. Voller Hoffnung schließt sie sich seiner Clique an und gerät dabei nach und nach in einen Strudel aus Mutproben, Erpressung und Gewalt, aus dem nur Coco sie befreien kann.

Arena

240 Seiten
Arena-Taschenbuch
ISBN 978-3-401-50853-5
www.arena-verlag.de

Auch als E-Book erhältlich

Gabriele Beyerlein / Herbert Lorenz

Die Sonne bleibt nicht stehen

Fassungslos steht der junge Steinzeitjäger Dilgo vor dem Dorf der Ackerbauern. Wäre da nicht das Mädchen Mirtani, hätte er vermutlich sofort die Flucht ergriffen. Trotz ihrer scheinbaren Überlegenheit müssen die Dorfbewohner schließlich erfahren, dass ihnen nur der Jäger aus den Wäldern helfen kann zu überleben.

Arena

Auch als E-Book erhältlich

168 Seiten
Arena-Taschenbuch
ISBN 978-3-401-02776-0
www.arena-verlag.de

978-3-401-50662-3

Gefangen im Packeis

Oktober 1914. Der britische Forscher Shackleton bricht mit dem Expeditionsschiff Endurance zu einer Forschungsreise in die Antarktis auf. An Bord seines Schiffes befindet sich der 16-jährige Peter Blackborrow. Doch bevor die Expedition das antarktische Festland erreicht, wird das Schiff vom Eis eingeschlossen ...

978-3-401-50663-0

Der Dieb von Rom

Rom, 23 v. Chr. Die Familie des 15-jährigen Marius wurde von ihrem Landgut vertrieben und ist völlig verarmt. Aber der Junge schwört, es den reichen Bürgern der Hauptstadt heimzuzahlen. Bald schon ist kein Schatzkästchen und keine Patriziervilla mehr sicher vor dem geheimnisvollen »Dieb von Rom«.

978-3-401-50664-7

Das Geheimnis des Kartenmachers

Wir schreiben das Jahr 1490. Es ist das Zeitalter der großen Entdeckungen. In dieser Zeit findet der 16-jährige Augsburger Caspar Sebald Anstellung bei dem Kupferstecher Bartholomäus Wolkenstein. Die Werkstatt seines Meisters birgt ein großes, ein gefährliches Geheimnis ...

Arena

Jeder Band auch
als E-Book erhältlich

Jeder Band:
Arena-Taschenbuch
www.arena-verlag.de